KB200094

지구를 이승이라 불러줄까
고형렬 시집

문학동네시인선 042 고형렬

지구를 이승이라 불러줄까

시인의 말

그의 날개는 결코 작지 않았다
나의 두 가슴만했다

숨을 모으고 그리고 거두어가도
그의 시의 여행은 여기까지이다

나의 두 날개는
그의 가슴속 하늘을 날고 있다

또 한번 이 시집으로 나는
그 오후에 죽는다

2013년 5월 지평(砥平)에서
고형렬

차례

2부

4부

그곳으로 훨훨 날아갈 수 있는 내가
이곳으로 걸어올 수 없는 너에게

1부

모자 쓰고 부츠 신고 장갑 끼고 그리고
마스크 쓰고 복면 쓰고
종이 하우스 속에서

나의 그의 나의 그의, 그의 나의 그의 나의
서울역 불빛은 차갑게 반짝인다
수원, 대전, 대구, 부산까지 이 나라 풍찬노숙은
화려하다

광속의 동천, 지상을 향해 쩔렁대는 별 사슬들
물이 결빙하는 시간
이 지상은 비견할 데가 없다

갑각류 절지동물처럼 추위를 타며
지하도 벽 밑에서 생을 그리는 그의 주민등록증은
국치보다 굴욕적이다

이 살벌한 생사의 도시 속엔
결코 대곡할 수 없는 길이란 어디나 있다

메리 크리스마스, 해피 뉴 이어

터미널 옥상 승차장
— 마지막 R영역에게

출발과 도착이 없는 시간은 없다

서둘러 댑싸리를 낫으로 조심조심 베어
액생의 꽃을 살려 비를 만든다
재미를 잃은 너의 등을 툭툭 때려주니
너는 내 눈만 쳐다본다

네가 흔드는 댑싸리의 순한 풀잎이 좋아서
나는 네 곁에 누워 잠든다

네가 꼭꼭 묶은 댑싸리비를 한쪽에 세워두고
멀리 외출하면
나는 물보다 맑은 아침을 기다린다

내일,
당신은 나에게 꽃다발을 흔들듯
내 얼굴이며 목덜미에 댑싸리비를 흔들어준다
내게 모든 슬픔과 용서를 맡길 것이다

이제 내일이 오지 않아도 좋다
나는 다시 너의 댑싸리비로 때리고 싶다
더 먼 추살의 가을이 오기 전에

벚나무에 올라간 고양이

고양이 눈엔 햇살이 보인다
그 모양은 마귀 같다
고양이는 빛다발에 걸린다
몸을 기지개 켜며 지붕으로 날아가는,

벚나무 꽃가지는 환상
고양이에게 벚꽃은 없다

네 다리의 뼈가 건너뛴다
흰 공이 되었다 백지가 되었다
바람의 세상 쪽 추억이여, 야옹 하고
돌아보지만 나는 없다

흰 눈

그늘진 아파트 구석에 쳐놓은 눈

시인 K의 아내도 거들떠보지 않는다

눈은 아파트 주민 누구의 것도 아니었다
아무도 가져가지 않는 흰 눈

눈은 겨울이 가면서 점점 더러워지고
헌책처럼 담 밑에 쌓여간다

아이들도 눈에게 다가가지 않는다

어느 날 시인 K는 빗소리로 뒤척이는
꿈을 꾸었다

엘리베이터 속에 빗소리가 가득하다

이 도시의 모든 아파트는

모든 아파트는 마당이 없다
새도 날아오지 않고 바람도 불어오지 않는다

모든 아파트는 발코니가 있다
그 발코니는 먼 고향을 내다보는 것 같다

발코니를 막아놓은 까마득한 미끄러움
유리창 드르륵 오른쪽으로 열린다
약시 같은 유리창은 북쪽 하늘의 빛을 닮았다
발코니 창틀 위로 한 여자가 올라간다

인형 같다, 여자에게 올라간 발코니에
이미 영혼이 없다, 까만 긴 머리채가 출렁,
모든 것은 그때부터 잘못되었다
아니 마지막 연애가 잘못인지 모른다

그들은 언제 저 발코니에 도착했던 것일까
여자가 보이지 않는 어느 봄날

나이테의 생활고

나이테 얼음기가 빤짝이기 시작한다

아침 햇살을 잘라 찬 물그릇을 비손으로 받는다
나무는 밖에서 고통스러워한다

이 나라의 생활난은 영구한 게 아니겠지
병자호란 때부터, 아니 임진왜란 때부터, 아니
일제 식민지 시대부터
이 나라의 모든 날씨는 흐려 있는 것인가

겨울나무를 본다
이 지독한 생활고로부터 탈출하고 싶은, 나무
너의 생활고를 배우고
가지를 뻗고 싶다, 다른 시간 속의 활착처럼
눈부시게, 혀가 안으로 꼬이지 않도록

빗물이 떨어지고 있다
나무껍질 사이로 인고의 물빛이 반짝인다
찢어진 세한도의 해빙기, 그 위험한 우듬지의
정아(頂芽)여

누구 것을 빼앗아 누구에게 주면 되랴

사랑하지 않는 시간
—kmj에게

하루하루 사랑하지 않는 시간이 쌓인다
떨어지는 해그림자의 도시는 벌써 어둡고

저녁이 오면 왜 저녁은 우두커니 있을까
도시의 관청들은 왜 퇴청하지 않을까
왜 가등만 켜놓고 조용조용, 골목길은 끊어질까

저녁 하늘의 시간과 너의 시간이
만나지 않는,
그 꿈의 무인 포스트는 존재하지 않는다

그에게 하지 못한 사랑과 쓰지 않은 시간을 보챈다

이 북쪽의 시간 속에는
왜 아무도 오지 않을까,
왜 텅 비어 있을까, 왜 약속하지 않았을까

여자도 시간도 쌓이는 것들은 버린다

벌정다리 귀뚜라미의 유리창
—추살(秋殺)은 서정을 진화시킨다

그 어떤 울음의 음악도 차단된 마천루의 가을
비늘만한 뒷날개를 움직이는 흑갈색 남자

15층 수직면, 꼭꼭 닫힌 사각형의 유리창들
수십만 개의 소형 타일이 붙은 공포의 벽

그 커튼 밖은 87층 높이의 허공
깎아지른 유리창 가까이 누군가 날아올라와
사라진 벽의 비계에 붙어 있는 달 건너편
지구의 심야

너는 똥구멍에 입김을 불어넣는다
살아나, 나는 최초의 꿈을 꾸고 있는 한 인간
또한 최초의 고통을 통과하고 있는 시간
세 쌍의 다리를 미끄러뜨리는
유리벽은 서정을 진화시킨다

아직도 하늘엔 두려움이 남아 있다
파랗게 빙장(氷葬)시킬 도시 상공 속에서 그는
피뢰침 끝을 앙당그려 잡았지만 미끄러진 손바닥

이제부터 흑갈색의 한 남자가
하늘 바닥에 붙어 도시를 향해 울기 시작한다

신혼의 강설기

겨울 도시에서 보청기를 낀 사람처럼

눈이 모든 소리를 먹는 시절이 있었다
발이 걸어가는 눈앞의 허연 눈들이 일어난다
나의 발자국을 받기 위하여

커튼 안에 눈이 내리고
시인은 커튼 밖에서 하루 쌓이는 눈을 내다본다

고달픈 문학이라도 하길 잘했다, 신혼의 강설기만
그 시 속에 남아
눈을 받아 이고 눈잣나무는 푸르러간다
쓰지 않고 감추어둔 어둠 속 먼지들의 시간처럼

따뜻한 방바닥을 기어가고 있다, 내 창자는
꽃보다 줄기보다 아름다운 말의 방울들
잃어버린 혼령의 이름은 찾지 못할 것이다

눈과 눈 사이를 가늠하는 흰 눈의 어둠 속
한번 나간 마음이 어떻게 돌아올 수 있을까 다시
흰 커튼을 들춰본다, 거기

신혼은 가고, 살아낸 소리들이 죽어 있다

알아들을 수 없는 울음소리가
—2013년 1월 10일 새벽 4시 12분

바람이 불면 빌딩들이 운다
빌딩 벽을 타고 오른 사각의 도면들이 전율한다
사변과 모서리를 지키고 껴안기 위해

그 아래 황사가 유사(類似) 태평천하처럼 떠 있다
먼지가 된 모래들이 깨어지는 소리가 바각댄다

거대한 빔과 철근을 움켜쥔 모래알들이
양회 속에서 죽음으로 버티는 고층 빌딩의 내진(耐震)
흔들, 흔들
노래를 부르고, 외로운 육체들은 각자 홀로
악기를 연주하며 늙어가고 있다

한땐 생사도 일대사가 아니다, 일상의 예외일 뿐

장님의 문명 한가운데 고통은 요조(凹彫)된다
바람이 불면 청맹과니 하늘에 빌딩이 흔들리고
직하 88층 아래 인도에서
그는 시간보다 빠른 기억과 빛 속에 갇힌다

알아들을 수 없는 울음소리가
도시에서, 아니 지구에서, 땅속에서, 철골에서
먼 기억으로부터 울리고 있다

지루한 오후, 대형 매장에서

수많은 영혼의 상품들이 진열된 대형 매장

아이의 비명이 카트 바퀴 밑에서 울렸다, 영혼이
증발되고 육체는 소각된다

상품들이 서로 몸을 붙인 오후의 나른함
이제 이 서울은 의식의 후기에 접어든 것일까
무슨 일들이 증식하는 것일까

다시 상공에서 울음의 탄생은 그 순간 중절된다
모든 사람에게 익숙한, 소음의 미숙성
저음으로 위장된 모든 음악은
대형 음향기기와 블랙박스 속으로 사라져간다

천 개의 안정기내장형램프가 빛을 쏘아대고 있다
어느 해안에서 오는 이 예언의 빛은
무엇을 피복하고 있는가
염화칼슘은 운송로에 적설량만큼 뿌려진다

너무나 권태로운, 너무나 풍요로운, 너무나 아픈
안정된 광도(光度)의 함정 속에서
그의 영혼엔 아무 일도 없었다고 보고되었다
진실은 규명되지 못한 채

또 한 세월이 흘러갈 것이다,
아이가 침묵하지 않았다면, 오늘 우리의 저녁 식탁은
없었을 것이다

죽음에 부쳐진 자
—박영근(朴永根) 시인에게

너에게 내 슬픔을 주마, 나의 슬픔을 가져가거라
문청(文靑)처럼 너의 슬픔을 건축하리라
오랜 날들은 저 얼음 속에서 피어나고
그 얼음을 또 깨는 사람들이 있다
아주 먼 곳에는

눈이 내린다, 낮은 담천 속에서
담을 넘는 눈송이의 기척이 분리되는 어둠 속에 서서
너는 유리손을 감춘다
너는 슬프도록 차가운 물속에서 인화되고 있다

너의 이름은 이 추운 겨울, 어딜 혼자 걸어가고 있니
그 누구의 등도 따라가지 않으면서
이쯤 세월이 지나 우리의 이름은
하나의 시어(詩語)가 되었다, 외진 데로 갈수록

등뒤에서 본다, 취업공고판 앞에서 서성이는
얼음덩이의 그림자와 검은 옷들
점점 작아지고 어두워지는 밤은 낮처럼 빠르다
죽음에 부쳐진 자의 시는
길게 이어지지 않는 아쉬움을 남긴다

어두워지는 지하도

다섯 번 접은 것을 여섯 번 열어서 세우면
집. 바닥에 주저앉아 사위를 쳐놓고 보면
하나의 경계일지라도 하루의 집.
가스레인지도 냉장고도 물론 TV도 없는
나의 집.

햇살은 지상의 발바닥을 비춘다
유년의 태양계에서 부는 바람소리, 엉뚱한 유랑
지금도 가여운 심장과 속삭임
끼익, 브레이크 밟는 소리 눈에 밟힌다
시청 지하도를 통과하는 시간은 무려 백 년이
걸린다.

여기서 그 어두워지는 지하도의 시는 죽는다
검은 보자기를 뒤집어쓴 사진기가
곤충의 눈으로 정적의 도시를 찍어댄다

너의 취업공고판 뒤에서

취업공고판을 향해 서 있는 그 사람의 등은
이 도시의 영원한 수수께끼

이제 그 춥고 을씨년스러운 취업공고판도 사라지고
가등도 없고 어둡다
어둠만 드리운 죽음 속에서 보이느냐
얼음을 얼군 강바람만 귀싸대기를 후려치면서
사라져가는 죽음의 파커

버스를 치고 가는 시선들은 한순간의 주마등
거기 너의 이름도 승차하고 있었다
지옥보다 먼 동인천 어디쯤
그때의 저녁이 올 것을

눈 가리다 손사래 쳐 아무것도 보지 않는다
미어터지게 퇴직자를 싣고 한강 인터체인지를
오르고 있었지, 오늘이 오려고 한
그 시대처럼

나는 태양과 장님과 얼음장이 되어
합정동 로터리를 그때 그 보폭으로 뛰어 건너간
아직도 살아 있는 그,
그 어둠 속에서 귀만 남쪽 하늘로 열어둔다

태양 마중

저녁 하늘에 희미한 라이트 하나
빛은 나의 온몸에 오렌지빛을 퍼뜨린다
오렌지빛을 사랑하게 된 까닭이다

복잡하지만 너무나 단순한 도시의 역사
죽은 친구에게
달리 지구를 이승이라 불러줄까,
달 건너편이라고 생략할까

일상의 삶들은 이 시각,
빌딩과 사람과 교통을 오렌지빛으로
물들인다

멀리 아니 가까이 암병동 유리창 안쪽
희미한 라이트가 죽어가는 눈을 만진다
그 반대쪽 마음은
만물을 마중하는 그릇의 바닥보다 희다

반쪽을 어둠에 둔 지구의 모든 시간은
귀를 만지며,
으슬으슬 검은 거울 속으로 입산하다
오렌지빛으로 한동안 남아 있다, 간다

파리

들어보면 네게선 이런 말이,

백해구규육장의 인간에겐 백조 파리가 있다는

한 인간의 육체를 이루는 모든 세포 하나하나에
그것이 다리뼈든 심장이든 신경 줄기이든
한 마리의 파리가 숨어 산단다

오호, 그러니깐 한 인간이 죽은 다음,

그 세포 속에서 검은 눈을 말뚱거리며
그 예의 목마른 생의 마른 파리들이 태어나
날개를 단단 말이지

시신이 부패하면 온통 파리떼가 될 텐데
봄바람에 깨끗한 뼈라도 몇 개 남기는 법인데

오 육시랄
파리는 죽어도 자기 시체를 떠나지 않는단다
그래서 파리는 검고 독수리만해진다

도채비 커다란 용안(龍眼)을 굴리며
불속에 뒹구는 인간의 파리의 불구덩이들

유족에게 자신에게 사회에게 한 인간은 한줌의
재만 남긴단다

* 성 아우구스티누스는 파리는 인간의 교만을 벌하기 위해 신이 창
조한 생물이라고 하였다. 육체를 사대(四大)로 돌려보내는 화장(火
葬)은 구더기와 파리에 대한 인간의 승리이자 회피이기도 하다.

풀과 물고기

풀로 돌아가고 싶어
풀로 돌아오고 싶어

바람이 불고 싶어 풀에 불어가는
풀에 닿아
떠나지 않는 바람결의 그는
없는 나이고 싶어

태초의 풀의 눈과 바람의 눈

저 태양의 설원의 눈 밑에서
배를 반짝이며 등을 붙이는
풀들이, 물고기들이

늦은 시대에 그대 등에 배를 대고
잠을 청해
하나의 인생은 그 풀줄기를
뒤따라간다

서로 스며 생이 되고
서로 스며 죽음이 되며

풍찬노숙

나의 고통을 아는 양 나를 노래하지 말고
나의 편을 드는 양 저들을 미워하지 말라
그러면서 너의 정치적 문학적 위상을 쌓지 말라
고교 시절에 본 차별의 사상으로

절망하지 않고 아직도 분노하지만
차라리 자신을 노래하고 단호하게 질책해라
차라리 노천(露天)이 되고 침묵이 되어라

풍찬노숙, 이 사회의 길은 영겁으로 열려 있다
그 길 자체가 길, 번쩍이는 얼음길
빛난다, 그 찢어진 발바닥의 길
너의 정의를 위해 권력을 가지려 하지 말라

너는 그 차별의 길 위에서 죽을 수 있을까
중년에 가출한 한 중년처럼
죽음을 우리에게 바치고 허무를 가질 수 있을까
도시의 골목까지만 왔다가 눈물이 얼어붙는
어느 풍찬노숙

서초동

세상이 무서운 것을 알아낸 얼굴들
얼마나 많은 사람들이 송사와 풍파를 겪을까

파산하고 이별하고 구속당하는
저 24각의 건물은 위험천만의 예외
모든 시비를 가린다는 말은 하지 말아요

그러나 서초동은 너의 초명(初名) 같구나,
어머니가 판자촌 작명집에서 지은
너의 풀이름을 닮은 마을 같구나

왜 하필 꽃이 많은 거리에 눈물바다였을까
그들의 애린 봄은 서초동에서 걸어오는가
그래서 어디에 닿는가

이산화탄소 꽃향기가 슬프지도 않지
모든 송사는 반드시 약속에서 오지 않는다
신춘 생화 한 묶음 가슴에 묶는
너의 모든 기록은 그 송장에 있을 거야

모든 세월과 자동차가 지나가도
그 서초동 본관은 잊을 수 없을 거야

혹한의 유리창 속

달빛이 훤한 밤은 안이 들여다보이지 않는다
그는 밖에 서서 뒤뜰을 내다본다

팔이 없고 다리가 넷인 한 인간이
설광 속에 와 서 있다, 주변을 두리번거린다

불을 일찍 끄고 이 집 주인은 잔다
인간의 생각이 아닌 생각으로 그는 생각한다

서로를 슬쩍 쳐다보는 유리창을 향해
인간을 닮은 고라니, 고라니를 닮은 인간

목숨을 내놓은 밤의 굶주림은
자신이 버린 음식물 쓰레기라도 뒤져야 한다

얼어붙은 것을 입김으로 녹이고 물어뜯는다
자신의 발굽을 물어뜯는 것처럼

소 꼬리뼈가 떨어지는 혹한의 기억
서로 검은 필름 속의 자기 변형을 쏘아본다

그 순간 불가사의하게 하나가 둘로 갈라진다
정강이에서 찢어진 달빛이 피를 흘린다

유리알 도시의 빌딩 속에서
—고귀한 삶을 빙자한 숲의 은유

도시는 수많은 유리알을 낳는다

도시의 유리체를 통과한 것들은
유리체 통과의 꿈을 꾸지 않는 것들과 함께 있지만
유리체를 통과하지 않은 것들과 같지 않다
아직도 뒹굴며 꿈꿀 뿐이다

돌아온 것들은 죽고 완성된 것은 훼손된다
꿈을 통과하지 않은 것들만 밖에서 천예(天倪)의 숨을
쉰다, 유리체는 녹화되지 않고 영원히 비어 있다
구름을 향해 그들은 불구의 몸으로
가지를 뻗는다

이미 사라진 것의 남은 존재들은
지나간 거리에 긴 그림자를 끌기 시작한다
오늘도 혼돈은 눈을 감고, 길을 차단하고 돌아와
깨어나지 않는 유리알 속으로 사라진다

2부

바보 스피커

점점 빛은 가까이, 통행자 머리를 비춘다
말이 전부 진실이라고 믿는 사람은 없었다

크리스마스 캐럴이 텅 빈 거리를 지키는
여기가 우리나라의 컴컴한 수도
스피커 속엔 시인도 나그네도 보이지 않는다

어느 도시의 발코니에도 삶의 가설은 서 있고,
수많은 의심을 위로하고 잠식하듯
어둠과 빛이 잠깐씩 왔다 간다

시간은 울먹울먹, 남아 있는 어둠 속에서 홀로
한 해를 보내고 어제 나는 죽었으나
한잔의 위로도 없는 현실에서 욕되이 산다

피를 토하지 않는 인비인(人非人)*은 없다
만경창파의 한 해는 길 위에 간다 오, 간다
뒤도 돌아보지 않고, 우리의 세월은

제기랄, 검은 스피커 통만 거리에 남았다

* 인비인(人非人)은 장자의 비인(非人)을 패러디한 것. 기인〔畸人,
기(畸)는 정전을 만들고 남은 자투리땅〕은 「대종사」에 나오는 방외인
의 별칭인데 이 진인의 비인(非人)은 사람이 아니고자 함의 물(物),
무위, 우둔의 꿈을 뜻한다(「응제왕」).

검은 거울의 유리창에서

언제나 거울과 유리창 사이는
텅 비어 있다

비산하는 먼지 사이로 속삭이는 빛, 위성처럼
식물의 귀에 말의 지문을 찍는다
잉크병만한 인쇄기에서 인쇄가 된다
쿵쿵쿵, 어떤 응시도 무시한

39.5킬로그램의 먼지 같다
빛 속에 떠 있는, 그래서 더 반짝이는 언어의
그 여자의 경구개 밑 어금니
태초와 최후의 한 인간의 그림자가 지나간다
창밖 허공을 밟으며

일몰하면 왜 어두워지나, 이젠 유머와 진담이
해이해질 때, 저 거울과 유리창의 지구
한 행성의 누더기 겨울과 다른 행성의
섬유질 천지의 여름

그러나 그 여자는 불행한 나라의 노래 속에서
살고 있다, 오늘도 어제처럼

날개

얼마나 큰 이름인지

가슴엔 날개가 잘린 흉터가 남아 있다,
날개가 오므라든 갈비뼈는
주먹 쥔 손가락

두 팔과 두 날개의 동물
이 동물은 그 인간이 아닌 다른 인간

그후 인간은 다른 길로 걸어가게 되었다
인류의 길이라고 생각하는 이 길은
날개 없는 것들의 다른 길

앞 발가락이기엔 슬프고 작은 손가락들
앞다리이기엔 너무 아름답고 짧은 두 팔

두 손 모은 새의 작은 부리로, 야호
나뭇가지의 우리에게 소리치던
상공의 말

날개 밑 복원 불가의 작은 팔

너무나 삭막한 연말, 그와 함께 죽다

나의 뼈가 보이지 않는 거대 빌딩의 내부 설계를
외는 인물은 이 도시에 없다

세상이 너무 단순해질 때 이 건물을 찾아오는 자
모든 것이 장악되는 듯할 때
너의 실책의 기미가 예상되기 시작할 때
바짓가랑이에 도시의 한 세월이 다 가고 있을 때
반드시 찾아왔다 반성하고 가는
고층 빌딩

그의 인생 전부를 가로막고 있는 98층
99층 옥상까지 나가는 계단들

폭설이 내리는 수도를 지나가다가 묘연히도
한 채의 목조 건물 앞에서 통곡을 듣는다,
땅속에서 계단과 엘리베이터를 타고 뛰어올라간
내진이 울음이 되어 미끄러져내리는,

흔들, 흔들리는 건물로부터 그는 무섭게 비켜선다
여기서 모든 앞날은 요요(遙遙)하다

멀리 크리스마스트리 앞에서

하지만 오늘 한 아이의 눈동자 속에
플라워 트리가 서 있다, 이 지상의 가장 작은 꿈같은
것들을 손등과 팔, 머리와 어깨에 달고

젤리 스티커, 리스 전구, 아이스볼, LED점멸전구
금색 유광볼, 반짝이볼, 모루엔 줄줄이
설탕과자 같은 논네온 설정과 은별은 가장 높은 곳에서

시간과 호흡을 맞춰 반짝거리는
축복의 글자와 조각종의 허무와 슬픔과 후회

그리고 종이상자와 금빛 북, 장갑, 장화, 양말을 더하고
링과 지팡이 또 빨간 옷의 산타, 사슴과 흰 종이 산

진실을 감춘 거짓의 형상을 가슴에 안고
한번 미소로
구랍의 어둑한 시장 지붕 위로 떠나는 아이는
설정의 빛을 손에 쥔 채 눈을 감는다

가족들은 아이의 이름을 불러주었고
이른 봄은 먼저 와서 조용히 울기 시작한다

눈달밤

60년 전 한 마을을 향해 걸어가는
한 남자와 한 여자

눈 발자국 소리가 재미있었다
당최 얼굴은 너 나 알아볼 수 없었지만

두 그림자는 선명하고 작은,

0.3룩스 달빛 난장이

옷을 입었다는 게 서로 부끄러웠지만
달은 중천 머리 위에 떠 있었다

남자는 외계인처럼 걸어갔다

달밤을 따라가는 여자는 우리 어머니
미생전의 추억인가

부수식물의 방

나의 방에는 부글부글 물이 돈다

개구리들이 구토하기 시작한다
태양이 지문만한 등을 때려준다
개구리가 개구리의 생을 건너가려면
폐장과 뇌가 겪는 일

삽이 물꼬를 트고 사라진 다음엔
다시 개구리밥들이 돌기 마련
개구리들이 진정을 하고 물에 앉은
먼 저녁,
해가 진다
이들도 인아(人我)에 사로잡힌다

달은 낮부터 서쪽 하늘에 떠 있다
빌딩과 지구는 동쪽으로만 돈다
자 이제 우리가 울 차례이다

미생전(未生前) 경험의 시

우리는 이미 다 가고 없는 사람들로서 살고 있는 것이 아
닐까
모르는 죽은 사람들이 기억하고 있는 꿈이란 게 있을까
돌아오고 있는 사람들의 삶을 대신하는 것인가
그들이 돌아오면 우리는 돌아가야 하는 대체 존재들일까
물이 지나가고 바람이 지나가고 시간이 지나가는 것을 모
른 채
나는 그들과 정말 저 양평군 지평면 그 언저리에서 사는
것일까
저 지평 언저리 역시 하나의 꿈이라면
저 하늘과 별과 산과 집들이 아직은 깨어날 수 없는 꿈이
라면
내가 아직 태어나기도 전의 미생전 어느 날이라면

시간의 압축을 반대한다

시간을 압축하면,
고양이가 인간이 되는 것이 보일 것이다
하늘에서 떨어진 고양이가 거미가 되어
잠시 거미줄에 걸렸다 인간으로 비약하는 광경을
본다면 초극을 꿈꿀 것이 분명하다
다시 시간을 무리하게 이완시킨다면
고양이 살가죽과 심장이 면직물처럼 늘어날 테고
고양이의 죽음만 보일 것이다
말라붙은 창자 마분지가 된 두개골 없어진 다리
그런 쓸데없는 것들만 펼칠 것이다
시간을 압축한다면 나의 시는 증명될 것이다
시간을 압축하면 우리의 눈과 뇌는
어디 있는 것일까

제설차(除雪車)
―심은섭 시인에게

우리나라에서 제일 큰 제설차는
강릉에 있다

검은 타이어는 내 키만한 붉은색 제설차
그 외 평소 이 제설차가 어디 있는지 아는 사람은
없다

눈이 대관령만큼 내리면 이 제설차는 어디선가 나타나
가고 있다, 길을 혼자
동해 용왕을 깨워, 당신 눈 다 치운다고 고해놓곤
검은 깃발을 달고, 검은 열기를 하늘로 내뿜으며
잔잔한 기침 엔진 소리를 길바닥에 뱉으며
대관령 고속도로로 향한다

그 가는 모습이라곤, 비록 점 하나 같아도
모든 눈을 다 내친다
그러나 어쩌랴, 점점이 내리는 분분함에도
제설차는 고독하게 파묻히고 제설차는 그만 장난감만
해진다

눈은 밀어놓는 것보다 더 쌓인다
강릉에서 속초까지 그 어느 대설의 해이던가
겨울을 잡아 갈가리 황태처럼 찢어 먹던 새파란 봄이

오던 그해

우리나라에서 제일 큰 제설차는
강릉에 있더라

염좌나무가 자살을 시도하다

염좌나무가 자살하고 있다는 걸 알았다

염좌나무는 똑같은 행위를 반복했다
가지들이란 방바닥에 떨어져 있거나
내려와 있을 수 없는 존재의 형상들이다

염좌나무는 곳곳에 등창이 터져 썩어들어갔다
나무는 자신을 먼 가지부터 죽이고 있었던 것

하루 한두 개씩, 높은 가지부터 떨어트리는
비인간적 염좌나무
배반감과 비애를 느끼기 시작했다

이튿날 염좌나무 가지 반을 쳐냈다
아내는 병원에서 가져온 아미노산 수액을 물에 타서
염좌나무에 부어주었다

며칠 뒤, 머리 위로 잎은 피어오르기 시작했다
아내가 염좌나무에게 말했다,
세상에 살다가 별일도 다 보고 사는군요

그후, 부부는 만사에 반성을 시작했다

그의 죽음에 대한 반문

나는 호흡하고 있지만 죽어 있어요
심장이 뛰고 있지만 살아 있지 않아요
나는 어둠 속에 가만히 누워 있어요

숨과 숨 사이 세포와 세포 사이 죽음이 있어요
정말 살아 있는 죽음을 경험해요
쩌릿쩌릿하니
그것의 냄새를 맡는 기척들은 귀를 세웁니다
아주 가만히 움직이고 있어요, 내 안에서

그는 커다란 피뢰침 끝에 와 있어요
가끔 그가 찾아와 스몄던 기억 없는 그 위쪽
그 너머는 비가 내리지요
시계 속의 유사(遊絲)처럼 번쩍거리기까지 해요
그는 아무나 만나지 못해요

그럴 때마다 황홀은 전율하지 않아요

흑백필름을 지나가는 은행나무

항상 12월의 나목은 그들 곁에 서 있다
텅 빈 나뭇가지로 내려온 별들이 잠을 청한다
땅의 품속으로 돌아가기 위해

잠을 청하는 별들은 겨드랑이처럼 안쓰럽다
소리 나지 않는 빛 때문에
그 눈에 발각된 벌레들은 피하지 못한다
빌딩 숲에 숨는 나뭇가지들은 위험하게 흔들린다
다이아 후람 속의 눈뜬 하루는 짧다

젖은 길바닥에 쏟아지는 금빛 라이트처럼
우산 위에 떨어지는 저녁 눈 소리,
인도 밑에선 삶을 벗는 죽음의 꿈들이 뒹군다
도심은 여탈과 사랑을 교환하며

나목은 혼자 저물어 혼자 무용해진다
겨울 앞에서 그들이 된 우리는
다시 그들이 된다, 흑백필름 속에 꿈은 갇힌다

98층의 시

네가 죽은 옥상보다
더 높은 옥상에 올라가면 너의 죽음이 보일까
98층 이상은 그에게 없다
그 이상의 고도도 상상도 약속도

그 시는 98층을 올라가지 못한다
저 바닥의, 모든 것은 꿈과 설계만으로 족하다

그는 단층 바닥에서만 살 것이다
그의 해마는 계단을 오르지 않을 것이다
하나의 죽음을 기억하고 그려놓기 위해

구름아, 미안해 시인의 꿈은 현실화를 원치 않는다

말을 잃고 난간을 붙잡고 또 말을 잃는다
저 야트막한 옥상의 분노
그 새벽바람을 꿈꾼다, 너와 함께 뛰어내리는
새벽

이미 그를 붙잡을 언어도 미래도 없다
네가 죽은 옥상보다 높은 옥상은 없다

부천, 가로수 아래 벤치에서

불볕이 내리는 지난여름은 아직도 기억한다
소공원 벚나무 그늘 아래 벤치
누워 있던 한 남자의 얼음이 박힌 등짝을

아직 오지 않은 명년은 과분하게도
이 지상의
마지막 여름이 될 가능성이 농후하다

아, 봄 해가 높아가는 도시에선 오한이 난다
이젠 손이 장갑 속에서 빠져나오지 않는다
그의 몸도 그의 몸에서 빠져나오지 않는다

으스스한 오후의 태양, 들퍼진 하늘의 서슬
빛이 이렇게 으슬뜨릴 수가 없다
가로수 아래 벤치에 누운 나그네 늙은 몸은
이미 음부(陰府)의 것

그의 등은 수많은 칼자국이 나 있다
오늘은 마지막 얼음도끼가 박히는 날

청춘의 광화문

한 청년이

계속 걷지 않고 광화문 사거리에 선다
이 도시를 생각한다고
가당치도 않은 이 고층 사회, 저 하늘

눈의 혼령들이 생성되는 상공은
얼마나 분주할까 이러는 생각의 저쪽에서
사이렌이 울린다, 실종되는 도시

이 나라의 경제나 무역, 실업에 대해선
이 광화문도 입을 열 수 없다

눈 내리는 소리가 펑, 펑 사대문 밖에서
먼 지방으로 사라져간다
UFO 몇 대 나타나야 하는 거 아닌가

대체 누가 무엇을 다 가져갔는가
광화문 세월은 언제나 슬프고
도시는 검푸른 난바다를 헤쳐가고 있다

지구

저 도시는 얼마나 먼길을 걸어왔을까

지구의 모든 잡동사니를 짊어지고

거대한 금고와 국가

나무와 바람과 건물과 비와 도로를 가지고

후회도 끄덕도 하지 않은 도시

백합은 피고, 태양엔 수소가 탄다

자동차가 질주하고 광석과 석유를 때는

도시의 겨울 아침

이 도시는 얼마나 더 먼길을 걷게 될까

저 지구 위에서

산과 바다와 강, 화학 공단과 항만과 함께

수많은 인간과 식물과 동물과 함께

얼마나 원시적인 현대 지구인가

그의 발바닥은 다 닳아 없어졌을 것이다

위도 35.467147, **경도** 129.349180

하늘에서 딱, 하는 소리가 들렸다
대개가 내려앉는 것이 목격되었다

찬장이 흔들리고 그릇이 떨어졌다
건너편 아파트 유리창이 소리 없이 깨어졌다
공단 건물들이 흔들리고,
기이한 울음소리를 냈다 공기가

알 길 없는 빛들이 파광하고 사라진다
일상의 저쪽을 광속으로

추억과 영광과 절망의 붕괴 앞에
몰록, 시계(視界)와 자신을 잃고 말았다
느린 광속(光速)
광속의 이완(弛緩)
그 순간을 통과하지 않는 시간은 없다

물이 들어오고 뒷산이 무너지기 시작했다
조용히 불과 연기가 솟아올랐다

그후, 나는 어디로 갔는지 기억이 없다

3부

세한목(歲寒木)

남도에 눈이 내리기 시작하면
남도의 모든 우물물은 울기 시작한다
온 세상을 다 덮어주어도
덮지 못하고 받지 못하는 곳은
어디나 있다

모든 물이 얼어붙어서 잠들 때에도
우뚝 멈춰 선 세한목(歲寒木)* 그 아래 땅속
쉬지 않는 파랑들

한 송이도 쌓이지 않도록
물어둠 속으로 빠뜨렸던 곳
층층의 검은 돌들을 밟지도 않고 내려갈 수
있었던 그때는

활활 뜨거운 김을 불어올려주었다
눈먼 가슴은 곰실곰실 생시의 꿈속으로
떨어져,
그것이 삶이라고 내 생시의 꿈이라고
예시조차 해주지 않았다

알아서 다 쓰고 가는 길 위에 서 있다
메워버린 표석만 남은 강설의 나라는

얼마나 추운 손등일까

죽음의 먼 우울 속에
찰눈 뒤섞여 내리는 광주에서 해남까지
그 세한목으로 건너가는 눈바람 속에
나만 돌아오지 못하고 있다

* 세한목은 추사의 〈세한도〉에 나오는 그 나무를 '세한목'이라 이
름 붙인 것이다. 양평 사투리의 찰눈은 습기 있는 눈, 메눈은 함박
눈을 뜻한다.

대기권 밖에서 고구마 먹기

나는
저 상공에 하루 한 번 지나가는 인공위성이다
인공위성은 나의 헛배만 바라본다

인공위성 안에는 겨울 하나가 앉아 있다
그의 이름은 원숭이,
원숭이는 허공을 본다, 손에 투명 거울을 들고
여름 태양을 향해

저 아래 한국인들은 잠에서 깨어나면 산을 본다
나의 아버지 원숭이 앞에는 허공만 있다
문밖에 나가면 마당도 없고 신발도 없다

원숭이는 지구의 저녁을 바라보면서
달이 뜨는 석양에 눈물짓는다
몰라, 원래부터 왜 지구의 노을은 금빛이었지

인공위성에선 온달이 종일 창 앞에 떠 있다
우주를 풍자한다, 아무도 서로 위로하지 않는
그 나라의 신문을 구독하지 않는다

인공위성은 내 헛배를 먼 거울처럼 바라본다
가끔 지구의 그림자 속을 지날 때 맹장이 아프다

뱃속에서 인공위성은 공전하는데
원숭이는 인공위성 속에서도 진화되지 않는다

겨울의 상공 호텔
—다시 브롱크스 장터에 나온 시인에게

새벽에 눈을 떴다,

실크 커튼으로 스미는 도시의 잔광들
파편이 된 빛의 눈부심이 아직도 남아 있다

빛들은 다시 설산과 대양을 넘고자
붉게 물든다, 저 설렘은 언제 소멸될까요,
그곳은 그가 심장 수술을 한 뉴욕과 가깝다

한쪽은 밤이 깊어가고 다른 얼굴엔
이 호텔처럼 첫새벽이 오고, 동쪽 벽은 어두워
그곳에 마음의 지문을 그리지만,
동녘의 시간은 멈추는 법이 없다

지층에서 울리는 거대한 히터 날개 소리
모든 방음이 재생된다

조용히 잠의 깃을 건드는 소음 속에
낯선 도회의 새벽이 눈뜰 때,
나는 저쪽으로 돌아가고 싶지가 않더라
모든 약속과 시 한 행의 행운조차 버리고

이중 실크 커튼 사이의

실내 온도와 나의 백색 침대 사이의 거리를
재면서 조용히,
그 푸른 발바닥의 부푼 감촉만 가질 뿐

어제 고부렸던 열 손가락을
하나, 둘, 다섯, 여섯, 일곱 펴주면서

거울을 비추는 헤드라이트

갑자기 환해졌다

헤드라이트는 자신의 측면에 거울의 귀를 달고
빛이 어디까지 돌아가는지를 본다
난사(亂射)하는 굴곡진 대뇌피질의 주름덩어리들

피 한 방울 없는 그 안쪽의 비밀
건너간 빛들은 재생되지 못하고 죽는다
직선으로 비추며 그럴싸한 거짓말을 하는 빛의
입자와 파동 들의 너울거림

꾸불꾸불한 주름 속에 이 지구와 도시가 있다
어둠이 빛 속에서 실내를 탐색한다
탐색되는 심리는 꼼짝할 수 없다

은박지에 싸인 빛을 따라오는 눈
다음 언어를 위해 태양은 과거 궤도로 돌아간다
빛은 어둠에 먹히고, 어둠은
빛 없이도 언제나 어둠일 수 있는 집
대뇌피질은 외부의 공포를 상상할 수 없을 것

주변이 어두워진다

경제가 어려울수록 시집은 출간된다

경제가 어려울수록 후원금이 모이듯
경제가 어려울수록 시인들은 시집을 출간한다

불행하게도 시인들은 저항하며 존재한다
시인들은 언어만 소유하려 한다
시집들이
겨울 나뭇가지에 날아온 새들처럼 새청맞다

시집이 출간되면 더 춥다 시인들은
피투성이가 된 아름다운 말을 거리에 남기면서
새파란 새 시집을 들고 집으로 돌아간다

시집은 자라지 않는다, 발전이 없다
혼자 긴 목의 두루미처럼 자신의 둥지를 본다

시인은 정말 혹독한 불황 속에서 혼자 웃는다

꼬불꼬불한 거울
—K시의 한 불행 시인에 대한 추억

생이 꼬불꼬불한 거울 밖에서 호흡을 한다,
아침 공기가 심혈관을 돈아올린다

나머지 노고는 욕망의 쓰레기
평면거울 위에 형광색연필이 밑줄을 긋는다
그 아래는 위험한 도시, 갑자기 내려앉을 수 있다
앰뷸런스가 찾아올 수 있지만
몇몇 성(性)으로 연결된 가족들만 울게 될 뿐
거울의 내부부터 썩기 시작한다

곡면거울은 빛을 잃고 안에 숨는다
곧 죽음 밖의 모든 정황은 종결될 것이다
그의 기억에 없는 현실의 시간들이 흘러간다
이미 마귀들이 거리를 찾아왔다

이 도시의 누구도 그의 뇌를 분석할 수 없다
그가 죽었다, 10차선 사거리 북향 빌딩의
벤치 밑에서.

눈, 마천루의 눈

이 마천루의 창이 누구의 창이든 상관없다
죽어가는 자의 창만 아니라면

멀리 시선이 잡는 곳은 눈 내리는 하늘
그 하늘의 결정(結晶)을 아는 자가 없으므로
근심이 사라지는 나라의 수도에
우리는 내릴 뿐이고, 그들은 말할 뿐이다

눈에게 쓸데없는 봄바람이 골목을 에돌 때
가장 낮은 바닥에서 피어나는 악몽
달팽이만한 소용돌이들

눈의 말은 공실(空室)의 유리창에서
잠시 잠든 도시 상공의 강설이 된다 할지라도
우리는 다 반성하지 못할 것이다

반성하는 자들만 지금도 글을 쓰고 있을 것
소녀 가장의 남동생 자율학습처럼
거대한 빌딩 사이를 지나가는 눈 울음소리

길바닥에 부서지는 한 장의 양지

도시 새벽의 공황

컴컴한 지하도의 새벽 속에서
칼날을 토해내는 고양이 울음소리가,
헤드라이트 불빛에 굳어버린 채

먼지의 온기까지 집어삼켰다
아기의 울음소리가 사라지기 전까지
버쩍 얼어붙는 물거품
아담창의 탯줄들

하수구의 검은 얼음덩이는
이듬해 그 정오까지 녹지 않는다
칫솔에 긁힌 잇몸에서 피가 흐른다
신경 치료는 봄까지 계속될 것

빠져나오지 못하는 인간의 거울

이 우주 속에 인간이 있으리라곤 상상도 못한다, 나는.
그의 나는 지구에 있는 인간

나는 아직 인간을 인식하지 못한다
내가 인간이면서 이렇게 말하면서 쓰고 있지만.
창공이 거울을 보고 있는 우주의 거울처럼
한낮 속의 한낮처럼.
뇌 속에는 얼마나 많은 것들이
밝혀지지도 않은 채 존재하고 사라지는지 등등
그러면서 그것들이 죽어 파괴되는 이유 등등.
나를 볼 수 없다는 것이 한탄스러울 때가 있다
인간은 망각의 저 반대쪽의 거울처럼.
태양의 장님들

솔직히 나의 무익생*의 삶은 뒤집어져,
저 망각의 거울 저쪽이 되는 것이 목표인지 모른다
나의 그는 거울 속에 진입할 수 없는 지구 인간.
검은 종이를 오려 눈에 붙인.

* 무익생(無益生): 이익될 것이 없는 생(장자).

무소의 뿔

유리창처럼 차가운 밤
그는 혼자 가고 있다

저 앞으로 나아가는 건 문제가 없다
단지 그는 여기서 무언가 굳히고 싶을 뿐

나무들은 형광등 앞에서 겨울눈을 달고
내복도 입지 않은 채 추운 밤을 지샌다

그녀가 던져놓고 간 찢어진,
비명 하나만 가지에 걸려 봄까지 펄럭인다
매일 밤 춥다고 소리치지만
하늘은 한천의 불야성,

그믐밤의 물질이 진창을 이룬 듯
그들은 서서 죽고 끝에서 태어난다
아무 소용없는 자신의 생을 받기 위해,

생명을 품은 피들은 혼자 가지 않는다
함께 찢어지며 터져서 살기 위해,

자궁보다 작은 여자보다 작은 하얀 죽음의
두 손바닥 위에서.

죽음에도 위성도시가 있다

한쪽 하악만 보이고, 벤치에 한 남자가 앉아 있다
앙당그린 유기견처럼

여름의 선들바람에도 남자는 날아갈 것 같다
검은 눈서베*, 간담(肝膽)의 그늘이 된다
점점 짙어져 땅속으로 빨려들어간다
이제 아데노바이러스에 걸린
그 여자가 새벽이 올 때까지 만지던
아담스애플*이 묻힐 시간은 아직 멀었지만,

벌써 여름은 기침을 시작한다
칼끝 같은 그 끝 너머는 없을 것 같은 칼끝 같은
녹음과 소음이 떠다니는, 죽은 남자의 그림자

검은 핏빛 나뭇가지가 걸린 사거리 벤치

* 눈서베는 눈썹의 옛말이고, Adam's apple은 결후(結喉), 목젖, 울
대뼈를 뜻한다.

21세기의 한 시절에
—시와 함께 살고 있었다

아무리 밝아지려고 노력해도 밝아지지 않는
내 마음의 지하도를 본다
그곳엔 하루 종일 자동차 소음이 지나가고
그 벽 아래 신문지의 잠이 있곤 했다
한 사람의 책이 지하도에서 태어난다는 것은
누구도 믿을 수 없는 일

적분되지 않는 한 시간의 어둠,
쓸데없이 지나가는 말,
불러내지 못한 소외,
분노에 대한 화답 같은 구절들

자신에게도 놀랍고 짐이 되는 일
벗어날 길 없는 도시의 수만 개 라이트 불빛
멀리 내 몸의 고가(高架)를 통과한다
밤의 무관심을 지운 한 시대의 개명(開明)이
저 멀리 벗어나는 한 채의 어둠을 껴입는다

도시는 조금씩 밝아져가고
나의 눈금은 조금씩 삭감되어간다
1세기 전에 우리는 이렇게 살고 있다

여자의 잠

그 남자는 그곳을 기억한다

집이 조용하면 아내가 자고 있었다
아내가 방에서 잠을 자면
그의 나도 아내 곁에 누워 잠을 잔다
아내의 등을 향해 가까이
작은 심장과 허파를 향해 가까이

그날 가로등 모자 위,
나의 그의 등뒤에 흰 눈이 내린다
남자는 얼음덩이를 껴안는다
잊을 수 없는 것 때문에 잠이 아프다
기억은 함께 석얼음*이 되고 있다

* 석얼음은 수정 속에 보이는 가느다란 줄무늬.

강설이 시작되는 유리창 속에
—K시인의 유년, 서울

유리창 속에 눈이 온다,
고궁의 나뭇가지 사이에서 감기는 손을 가리고 기침을
한다

내과에선 언제나 영양제 냄새가 났다
흰 마스크 노인이 올라가고 아이의 파랑 십자마스크가 내
려온다

시커먼 얼음덩이를 찬 자동차들이 자장가 같은 소음을
내며,
먼 도시의 다음 세대를 위해
헌 청각 속으로 사라져간다

1년 만에 고궁의 아이와 벚꽃이 같이 인화되고 있다,
물의 바닥, 구부러지는 감광지에서 나뭇가지 사이로 사
라진 눈도

오늘 뉴스의 중심은 도시의 부스럼 강설
유리창 속엔 그 변함없는 시가지, 천천히 노인처럼 숨을
쉰다

빛새가 유리창 밖에서, 포르릉
아직도 환청을 보는 아이 때문에 이 도시는 아침과 기침

이 있다
　기침은 조용히 버스 창에 반짝인다

어둠을 향해 서 있는 나목

잎꼭지들이 다 떨어지고
본체와 가지만 하늘을 향해 뻗어 있다
휘어지지 않은 곳이 없지만 단단하고 곱다

지금은 헐벗은 나목 한 그루의 세상
정오의 도시 속에 낯선 우주의 그림자
이상한 병기들로 무장한 그러나 매혹적인 외계인들
아름다운 것만 부드러운 잎들과 한철을 날 수 있다
일몰은 새벽의 저쪽이 아니다
어둠은 독립된 하나의 다른 희망
곧 문장이 완성된다면 떠날 수 있을 것
어둠 속에 나와 선 지구의 밤을

한없이 부드러운 것들은 밤처럼 사라지고
그 자리를 겨울눈들만 눈싸움을 하고 있다
아직 내가 남아 있는 이 지구는

겨울비 상처투성이의 나목.

무생물의 거리

어두워지는 내 마음의 지하도는
언제나 그 도시의 지하도
내 의복 속으로 야산과 빌딩 들이
불을 켠다

서울은 이때처럼 아득할 때가 없다 얼음빛 마음 밖의 에
메랄드 불빛들
또 더 먼 곳의 오렌지 불빛들 주크박스에 선 저문 아이들
의 게임 음악.

별들은 컴컴한 도시로 내려온다
빌딩만한 그림자가 허공에 걸칠 때
마음의 지하도는 꿈이 된다

아무리 멀리 있어도 머리 위의 굉음은 멈추지 않는다 위
험한 차량들의
질주와 소음 속에 눈은 조금 더 어두워진다
그의 발이 가슴에 들어온다.

퇴계로 교각을 쳐다보는 얼굴들

도시에 버려진 표지석

누구인가, 보따리 하나를 짊어지고
어디로 가는가, 코리아는
남의 도시에서 살아갈 길은 없다

비가 온다,
고층 빌딩 아래 지하 교각 난간에
바둑돌빛 비둘기들,
여자들처럼 줄을 서서
구구구 깃을 다듬고 흥을 본다

그 나는,
4호선 입구에서 이방인들을 쳐다본다
장난스럽지만 빗방울은 춥다

똑, 똑, 똑, 똑, 똑……
노크하지 마세요, 저에게.

처음에 소는 어떻게 만들어졌을까
─웃으라고 주는 소년 때 기억

그는 매일 인간은 어디서 왔을까란 의문에
빠져 있다 당초에 괴로운 함정은 아니다
그 즐거움이 발전한 것이
그 의문에 더 가까이 다가간 문장이다

'처음에 소는 어떻게 만들어졌을까'

아무리 생각해도
소가 처음에 어떻게 저런 괴이한 모양으로
만들어졌는지 비밀을 알 수 없다
바로 이 알 수 없음의 존재의 문 앞에서
자라지 않은 그는 마귀처럼 웃는다

이해할 수 없는 마음과 생각의 이 지구에서

참새

손안에 한 마리 참새가 있다
나는 이 참새를 쥐고 산다

눈을 뜨고 침대에서 일어나면
아침 나뭇가지에 날아와서
홍채(虹彩)를 어지럽히는 참새

실은 갈비뼈와 머리가 으깨어진
이 피투성이의 참새를
하늘로 힘껏 날려보낼 것이다

오늘도 손을 쥐고 살아간다

왜가리

수차 아래로 머리가 내려간다
왜가리 엉덩이가 들린다

머리를 번쩍 하늘로 쳐든다
기다란 부리 사이
물고기 한 마리가 가로로 파닥인다
꺄룩,

왜가리는 나의 아버지 같다

왜가리는 분명하게 말해서
지혜의 판단을 실행하고 있는 것

주변을 살피더니, 다시 또
왜가리의 머리가 사라진다

꺄룩,
멀리 용문*에 해가 지고 있다.

* 시인이 사는 경기도 양평군 지평면 서쪽에 있는 용문면(龍門面).
최근에 서울 용산(龍山)까지 전철이 개통되었다.

그 파랑새

그 파랑새는 우리 도시에서 산다

죽은 시인의 왼손바닥과
아직 죽지 않은 시인의 오른손바닥만한
두 날개를 달고

파랑새는 누군가의 눈에 반짝일 때도 있다

파랑새는 절복할 비췻빛 한 생애를 걸고
자동차 엔진룸에서도 잠든 적이 있다

얼음 절벽에서 시작하는 아침을 즐긴 뒤,

파랑새는
두 손바닥으로 자신의 생애를 감싸고 있다
얼어서 다시 날개를 움직거리고 있다

파랑 날개로 펼쳐 보일 때가 좋았다

그의 몇 번의 노래와 시절은 가고 없다
집에 마지막 해가 지고 있다

눈

내리다 내리다 안되면 통속적(通俗的)이고 싶다
내리다 내리다 더 내리면 다른 분야로 가고 싶다
울다 울다 더 울면 울음을 미워하게 된다
더 울다 울다 안되면 무관심이 되지만
그리고 말이, 길이 막히지만
내려도 내려도 울어도 울어도 길이 막히고 말아도
나는 그 자리에 붙박여 있다

한 그루 피 같은 뼈 같은 단풍나무.

4부

시각장애인의 아침을 위하여
―포항의 경북점자도서관에서

우주는 지구의 안방,
아이들의 눈이 빠지는 TV 앞에
그는 본래의 TV처럼 앉아 있다

가족들의 분주함이 몰록 사라지고
그때부터 그는 외계에서 밤새 전송된,
빛의 점자신문을 읽는다

아랫입술만큼 도톰하게 돋아오른 지문은
읽히고 싶도록 매혹적인 겉눈썹과
거리가 있지만,

속눈썹은 아이들보다 검고 키가 크다

물결이 해를 끌고 가면 소음이 살아나고
철썩, 저녁에 도착한다

빌딩 밑의 점주들은 셔터를 올린다
구멍을 내놓는다
밤은 다시 개안하는 꿈의 하늘
어떤 감각의, 읽을 수 없는 우주의 춤

경악의 사각 백지

A4 용지는 경악의 사각 백지
그 종이에서 사각을 본 것은 내가 처음

종이는 날카롭다, 사각의 칼날을 나풀거리며
얼굴 앞에서 떨고 있다
시대는 2012년 11월, 눈 내리는 겨울 초입
골목마다 오렌지 불빛을 내달 무렵

이윽고 손은 그것을 복사기에 넣는다
그리고 스위치를 건들자
31일까지 복사기는 돌아가기 시작한다
구랍 자정의 경계선
기이하게 눈뜬 현재는 과거로 넘어가지 않는다

A4 용지는 바르르 머리를 떨면서
마치 지폐의 수전증처럼
안으로 기어들어간다, 새로운 기억의 해석이
가능하기나 한 것처럼

나는 한 시대의 연말, 복사기 앞에 서 있다
2012년 12월 오늘은 과거가 되었다

공룡의 머리

앞으로 걸어만 간 나를 생각하면 분노가 치솟는다

98층에 사는 사람은 97층에서 투신하는 사람을 알 수 있다

가장 높은 곳에서 투신자살하는 것이 그의 꿈이었다
비난과 범죄가 될지라도

뒤도 돌아보지 않고 걸어간 나를 생각하면 참을 수가 없다

발코니에 부서지지 않는 시간의 유리벽이 가로막혀 있다

96층은 하나의 손가락으로 총을 쏘면 총알은 정보를 가
지고 돌아와
발코니에서 가만히 죽는다

99층의 발코니처럼 허무한 곳은 없다

나는 풀잎도 태양도 본 적이 없다 이 도시의 총지배인은
사라졌다

구름이 다니는 곳 닿을 수 없는 무한 천공을 향해 울어라

앞으로 나는 이 공룡의 머리를 쳐다보지 않을 것이다

그의 꿈은 계속된다　　　　　　　　　　　—

그 우물 눈송이들의 시간
─고명진 김곡녀 부부에게

아무 눈이나 이곳에 떨어지는 것이 아니라는
말이 아니라
우물에 떨어지는 눈송이만 우물에 떨어진다

컴컴한 한낮의 우물 벽
그 안으로 들어가는 몇몇 눈송이들을 본다
우물 바닥에서 쳐다본다 얼른
모든 수난을 피해, 우물로 떨어지던 눈송이들의
은둔,

내복을 입고 겨울옷을 껴입고
그 50년 전의 우물 속을 들여다본다
이젠 그 우물의 발원과 내력을 말하는 자는 없다

그는 하늘을 받치고 서 있는 한 우물의 물
그 안으로,
왕관을 쓴 눈송이 결정들이 너울너울
다 왔다는 듯 이리저리 춤을 추면서 내려왔다

단지 어느 순간, 그 희디흰 눈송이, 눈송이
내 흰자위에 떨어지면서 검은 물이 튀었다
나는 몇 점의 내 몸을 답삭 껴안는다

사실이지 가족에게
또 허무한 초월과 전이는 이렇게 왔다 갔다

내벽(內壁)을 울리는

횡, 허공을 우는 바람소리와 함께
젖은 잎들이 나뭇가지에서 떨어지고 있다

수많은 시인과 문자 들이 쳐다보고도
눈이 멀지 않은 저 태양 속엔
우수수, 우수수 떨고 있는
얼음빛 가지들,
이곳은 극동의 어느 나라 겨울의 한천(寒天)

낙엽은 바람 속에서 팔랑개비 돈다
10차선 건너 녹색 빌딩 유리창으로 날아간다
모두 어디서 실려왔을까, 오늘은?
상공을 급행하는 얼음 구름은
그 구름 밑을 지나가는 추운 옷가지들은

이 구름의 시간 밑에 있지 않은 것은 없다
길을 재촉하지 않는 것들의 눈이 먼
먼 차창에서 내다보는 기억 속에
푸른 잎의 등을 감춘 위험한 보행자들

아직도 너의 코트 위로 날아와
물 젖은 손바닥처럼 가슴에 달라붙는다

눈의 다우스

소리 없이 셔터가 내려졌다
눈 속에 막이 내려왔다, 유상(遺像)이 사라진다

잠시 아득, 왼쪽 눈에 실명 현상이 시작되었다
모든 기억과 감각의 소멸

그러고 나서, 눈이 내리기 시작했다
모든 사람들이 보고 있는 앞이 가려진다

엘리베이터처럼 나는 아득한 곳으로 하강한다
다시 올라올 수 없을 것처럼

길에서 나는 한 장 파란 나뭇잎의 눈이 되었다
아무것도 보이지 않았다

고향 도치처럼

아, 그대도 그 도치를 아세요?

나에게서 하나의 유전자만 떼어낼 수 있다면
나는
한 마리의 도치처럼 혼돈이 되어

아무것에게나 먹히며
때론 먹어주지도 않는 물체가 된 채
그러나 아주 숭고한 망아의 정신으로서

비인(鄙人)의 경지를 느끼며

그런 불가능한 꿈을 그대는 꿈꾼다
마당에 내린 심야의 어제 눈처럼 희어져서
물아가 천지가 된 그대

그런데 호랑이가 다가와도
도망갈 줄 모르는 도치를 알기나 하세요?

두루치기 해 먹는 추운 도치.

몽골, 그후 아파트의 세월

젖가슴에서 자란 여자아이는 성장하면서 젖이 커지면
자신의 젖을 물려줄 남자를 찾는 법
남자가 생기고 결혼을 하고 여자는 남자에게 매일 밤
젖을 내어준다

남편의 곡옥만한 아이가 아래 뱃속에서 태어나면
그 아이에게도 젖을 물려야 한다
이제 그의 딸들은 한 남자와 아이들에게 젖을 물리고
한 세월을 보낼 것이다

나의 그리움은 이것뿐일까, 그후 그들은 흩어졌다
풀은 키만큼 자라서 사라지고 하늘의 계절은 바뀌고
벌써 산바람처럼 그 사람들은 가고 없다

둘째손가락의 속눈썹
—시각장애인 김정협씨에게

때가 낀 창에 새 아침이 오면
사월이나 여름이나 세상 사물의 언어는 같다

빛을 받아 눈을 여는 먼지들의 나라
언제나 부산을 피우지 않고 문을 열었던
아침은 없다

먼지들이 제일 먼저 소식을 전해준다
우리가 아침으로 돌아오기 때문이다
기상, 뒤척임, 세수 그런 것을 속눈썹은 읽는다
그 앞에 모든 것은 어둠 벽 저쪽

마음속은 온통 먼지들의 소음, 그 우주 저편

상상도 예언도 할 수 없는 미세 혼란
창틀에 걸리면서
먼 동해 하늘에서 불쑥 방안에 들어와
소란을 피우는 햇살은 상상도 할 수 없다

그는 아침부터 노란 점자블록 위에 서 있다
지문은 해도1동의 모든 사태를 수용한다
속눈썹은 녹음이 가는 것도 읽는다

아름다워지는 디옥시리보핵산의 빛

찬란한 디옥시리보핵산의 빛의 종말은
다가왔다, 그에게도
그 정오의 해가 떨어져내려오는 마지막 시간
온몸으로 껴안으려 한다, 나뭇가지처럼.

설산의 장님 해는 아름다웠다 할 수 있을까
불쾌하고 짜증스럽고 지긋지긋하고 그리고
이미 다시 돌아오고 싶지 않다고 늘 말했으니까
함께 허무의 공범자가 되지 못해서
생이 나를 속여도 노여워하지 않는 지혜와
시가 되지 못한 사람들에겐.

모든 시를 버리고, 그리고 말인데
저 모든 세포질이 폭발하고 메타포가 된다면 아니
아이러니만 남는다면 그게 최후의 눈을 뜰까요
한 광년을 더 가는 빛의 디옥시리보핵산의
비밀의 말께서는.

비사회적 제비

갈 때 함께 갔으므로 함께 왔을 것이다
미래의 현재 속에서 계속
사회성을 소외시키는 그들

삶 속에 죽음이 버림받는 소외의 연속
잠시 빌리고 거하고 사용했을 뿐,
언제나 살아남은 자들의 몫이 되는 재화(財貨)
편리와 탐욕 속에서 궤도를 연결하는 재화(災禍)
실용과 합리와 이윤만 발굴하므로
단 하나의 그 말은 오지 않을 것이다

그들은 동족이면서 동족이 아니다
차라리 동족은 자신을 동족에게 바칠 것이다
지혜가 망을 썩운 새 얼굴만한 누명의 얼굴들
날개 밑의 심장은 유전한다

올 때처럼 갈 때 함께 갈 것이다

구름 얼음을 깨는 남(南) 시인

벽에 도착한 빛들은 그곳을 환히 비추지 못한다

광속으로 빛들은 지워지고 있다
순간순간 30만 장의 빛종이들이 다가와
그 위에 덧칠된다

찰나 속에 그의 해마를 속이는 허상들이
실체들이다
이것을 붙잡고 이것으로 보고 이것들을 믿고 죽는다

저 머릿속의 한 세포 덩이 속에서도
빛들은 나를 쉴새없이 감언이설하며 속인다
거짓을 증명할 길을 잃고 방외가 된다,
빛의 사물과 현실로부터

직각의 합리성들이 밀어낸 그는 방계(傍系)
무용의 빛도 유용으로 대체하는 그의 나는
거부의 몸짓을 멈출 수가 없다

해마가 눈치챈 것일까
빛에 사기당하고 폭행당하는 나를 증명할 길이 없다

해리(解離), 난 이것 때문에 싸우고 쓴다

기억은 시간에 갇히지 않는다

눈을 뜨는 그 순간의 전광석화
기이한 형상은 걸리고 빛다발들은 사라진다

덧없음이 사라지는 시간을 따라잡는다
석양의 작은 언덕, 나목 가지들은 춤을 춘다
바람의 유리창 앞에서

오롯이 한 그루 심령은 눈 속에 돌아와
가지 하나의 다침도 없이
온 영혼의 바닥까지 꿈을 그려낸다

실루엣, 한 그루 빛의 가득함
찢어지고 긁힌 나목에 꽃이 돌아오는 연유를
물어볼 순 없는 일

망탄(妄誕)이여 시간에 갇히는 기억은 없다
네 삶의 흠절은,
눈물빛 각막의 동공령(瞳孔領)을 통과한다

내상은 증명되지 않는다

인조(人造)

우주 속의 모든 감정과 이성과 시간과 먼지들이
이 우연한 시간을 만들었다
가시광선과 물과 흙과 가스가 순간에 뒤엉키면서
단 한 번에 와장창
이 하찮은 인생들은 탄생했다, 저 허공에서
오 저 허공에서라니요?!

아무것도 믿을 것이 없는 허공에서
이 음양의 지구로 떨어지면서 비닐봉지가 터졌다, 난황
같은
디엔에이와 음양과 섹스에 의한 유전은
우주 작용의 집약,
인간은 불구의 존재로 전락하고 말았다
그것이 왜 그런지는 아무도 모르는 신비의 베일

헐벗은 인간들은 고공의 혈거에서 사투한다

오르키스*의 자생란

폴더가 열리자 신호음이 끊긴다
소통은 수많은 불통을 양산하고 소외한다

자생란은 어둠 속의 공기를 받아 마신다
밤하늘을 공전해도 위성 정보는 한쪽뿐
음지의 뿌리만 잎을 흔들고 가는
광속 30만 킬로미터 빛의 양을 감지한다

꿈을 꾸고 꿈의 반만 공유하는 반도체
그들의 언어는 절연체를 통과하지 못한다
덩이진 뿌리의 구두 밑쪽,
어둠을 가지고 놀아도 아쉬움이 없다

그는 지나가는 소리를 잡지 않는다
의지적인 잎은 음지쪽으로 돌아눕는다
하나의 잎은 두 개 잎으로 춤춘다

* 오키드(orchid)는 고환을 뜻하는 그리스어. 난의 뿌리가 오키드를
닮았다고 해서 난을 오르키스(orchis)라고 부르게 되었다고 한다.
반도체는 절연체와 전도체의 중간체. 자생란을 반대쪽 양지의 정보
를 거부하고 있는 우울하지 않은 배일성(排日性) 유기체로 보았다.

눈물지렁이
—시는 하나의 파편, 저 거대한 도시의

눈물이 쑥 빠져나왔다
눈물은 한 마리 지렁이
눈물은 바닥을 기어간다
동공은 텅 비었다
항소권이 없는 그 눈물은
돌이 되었고
눈알은 찢어지듯 아프다
나의 그의 나의 그의
바닥에 떨어진 눈물들
눈물은 교차로가 되었고
모든 빌딩은 벽이다
영혼이 빠져나간 해골

다시 작년의 지하도를 통과하며

해마다 그 지하도엔 연말이 온다

똑같이 저들의 발걸음과 소곤대는 말소리는
여기서 작아진다

춥겠다, 대리석 지하도를 건너가는 말
구두들은 다시 돌아오지 않는 시간을 건넌다
이 수도의 밤별 속에서
찰랑찰랑, 알 길 없는 물의 흔들림만

다시 그들은 불이익을 재생하지 않는다
저 손은 나의 손, 저 다리도 나의 다리, 저 불빛은
나의 불빛이었다

찢어진 등짝 아래, 레일을 미는 쇠바퀴 소리
한강 건너 잠실로 돌아가는
해조음 속에선 죽음의 자장가만 선곡(先曲)된다

이제 아침은 그를 다신 찾지 않으려 한다

배면(背面)이 되며 그의 생은 지워지며
도시 전입의 시말을 끝까지 복기하지만
K 시인은,

지하도를 쩌렁쩌렁 속보로 건너가고 있었다

그 지하도에 다시 연말이 오고 있다

저녁, 거울을 보면 그 안에

저녁 거울 속에 1년이 저물어가고 있다
그 거울 앞에 한 고대인이 도착했다
남자로 온 고대인
그의 어깨는 크고 우울하다

불만이 많고 욕심이 많고 당파성이 강한
시베리아를 건너온
문명인이라지만 그것은 전부 위장된 것이고
실은 짐승

인간의 옷을 입고 안경을 쓰고 이어폰을 낀
으르렁거리며 먹잇감을 앞에 놓고 혈족과
혈투를 벌이다 죽은
돌연변이 짐승의 후신(後身)

비참하구나, 그대가 산피(山皮)의 옷을 입고
내가 그 산에서 죽은 인간이라니
그런데 여기까지 어떻게 온 것일까

유전자의 쓰레기들이
거울 등뒤에 흰 눈처럼 날리기 시작한다

2012년 11월 23일

시집의 종편(終篇) 쪽은 오늘에 가까운 것
그러나 그것은 작년 11월

오늘은 인생에서 가장 중요한 날로 기록될 첫 연금 수령일
1355에서 연금 수급을 축하하는 문자가 날아왔다

아내와 의논해서 2년을 앞당긴다

너에겐 우스갯소리처럼 들릴지 모르겠다
이 노란 통장이 나와 아내의 생존권이라는 말이

나는 지금
연금 지급 통장을 들고 단위농협 길거리에 나와 섰다

다 늙어 꼬부라질 때까지, 살아보아야 안다
희망의 나머지가 없을 때까지,

미래엔 원치 않는 마귀들이 기다릴 것이다

작은 라이트 불빛 하나가 나를 향해 비추고 온다
나는 그 불굴의 빛을 마중한다

일년초 댑싸리는 올해도

올해도 댑싸리는 내 가슴 높이까지 자랐다
한 해가 저물면 쓰질 못하는
바람이 키워준 푸른 댑싸리들
낫으로 하나하나 베어 그늘에 눕혀서 말려
비로 묶은 다음,
눈 흐려지지 않도록 가을 낙엽이나 몇 차례 쓸다가
새 눈 헌 눈 내린 겨울을 보내고
봄비 내린 그 다음 다음날 아침쯤
봄바람에 마른 첫 마당
그대 없는 빈 마당이나 한번 쓸어내고
한곳에 꿈처럼 세워지면
나는 다시 시와 구름의 먼 외출을 나서리

맹꽁이자물쇠

맹꽁이자물쇠 속엔 그 사람이 있어요
그 사람은 절대 나오지 않습니다
그 사람은 자기를 꽁꽁 잠궈놓고 있지요
어떤 유혹의 말에도
어떤 무위의 자연에도 혹하지 않습니다
어떤 시로도 부릴 수 없을 겁니다

그는

누구의 부름도 받고 싶지 않아 해요
나는 정말 그런 사람을 보고 싶었거든요
그 사람이 비록 아무것도 않지만
맹꽁이는 잘 있어요, 걱정하지 말아요
맹꽁이자물쇠는 그 사람
그 사람은 얼음처럼 울고 있어요

옷

옷이 바닥에 떨어져 있다

아무도 옷을 집어들지 않는다
누가 저 상의를 주워 입을 수 있을까
옷을 세워줄 수 있는 시간도 말도
이곳엔 없다

사람들이
그 옷을 밟고 간다

'유리 도시'의 비정과 서정

최현식(문학평론가, 인하대 교수)

근대적 합리성의 최초 배양지이자 궁극적 만개지가 도시
라는 사실에 대해서는 이견이 있을 수 없다. 그 성격과 지향
이 긍정적이든 부정적이든 모더니티와 관련된 정치와 경제,
문화와 예술, 사상과 이념치고 도시를 숙주로 취하지 않는
것은 그 어디에도 없다. 공적 권력과 개인적 행복 또는 그 반
대를 향한 욕망과 좌절의 서사는 언제나 기차와 버스의 차창
밖 풍경으로부터 시작되었다. 차창, 곧 '유리창≒거울'은 고
향 떠날 적 찬바람을 포근히 막아주었으며 도시에의 찬란한
몽환을 반짝반짝 빛내주었다. 도시로 쉼 없이 밀려들던 현
대인들은 마천루, 아니 달동네의 희미한 불빛에서조차 "광
속의 동천, 지상을 향해 쩔렁대는 별 사슬들"(「DECEMBER
2013」)의 아우라를 느끼면서, 들뜬 영혼을 '장밋빛 미래'를
향해 순진하게 투사해왔던 것이다.
　그러나 철골과 시멘트, 철로와 아스팔트, 반사 유리창과
직각 거울의 차가운 도상(途上/圖上)은 "피를 토하지 않
는 인비인(人非人)"(「바보 스피커」)의 지속적 탈락과 삭제
를 도시적 삶의 원리이자 규율로 열렬히 구조화했다. 행복
을 향해 열린 유리의 투명성과 거울의 반사 기능을 삶의 불
투명성과 폐쇄성으로 전도시키는 현대 도시의 악마성을 균
열과 왜곡의 '유리 도시'로 이름 붙여도 괜찮은 이유인 것
이다. 우리가 '유리 도시'의 폭력성과 퇴폐성을 눈치채는
데는 "지하도 벽 밑에서 생을 그리는" 노숙자의 "주민등록
증"을 흘낏 엿보는 것으로 충분했다. 이 "풍찬노숙"(이상

「DECEMBER 2013」)의 카타콤 도시를 고형렬 시인은 새 시집 『지구를 이승이라 불러줄까』에서 "옷을 세워줄 수 있는 시간도 말도"(「옷」) 없는 악무한적 심연으로 기호화하고 있는 참이다.

시인에게 있어, "수많은 유리알을 낳"(「유리알 도시의 빌딩 속에서」)으며 "거울의 내부부터 썩"(「꼬불꼬불한 거울」)혀가는 '유리 도시'의 악마성은 벌써 『유리체를 통과하다』(2012)의 탐사 주제였다. 이를테면 "안대를 감은 한 광상(狂想)의 추상화가/ 빛이 싫은 전갈의 도시를 개칠한다"는 표현은 '유리 도시'가 강제하는 "견딜 수 없는 치욕"과 "구토"(「제국 도시의 밤」)의 기원을 암시한다. 점성 높은 광란과 혼돈에 반(反)하려는 욕지기는 "캄캄한 한낮에" "깊은 땅속에서 우리를 달리게 하는"(「역사의 순환선에 서서」) 폐색(閉塞)과 억압, 시기와 질투를 일상화하는 '르상티망'의 심리를 손쉽게 전염시킨다는 점에서 문제적이다.

이런 부정성을 주목한다면, '유리 도시'를 향한 고형렬의 시선과 감각은 그것의 폭력성과 악순환 적발에 집중되었을 듯하다. 하지만 시인은 "유리체"의 최초 본성, 그러니까 "직립의 낯선 빛"을 "무한의 깊이로 창을 통과"(「유리체를 통과하다」)시키는 능력을 상기(想起)하는 일에도 게으르지 않았다. 이런 실천은 차갑고 날카로운 '유리 도시'가 "쫓아내고 시인의 망막이 뚫린/ 영겁의 시간을 파동치는 언어의 광속 속"(「별」)에서 동행하고 싶은 의지와 욕망의 전선을 한

번도 떠난 적이 없었기 때문에 가능한 일이었다.

이전 시집의 기억을 『지구를 이승이라 불러줄까』에 앞세우는 까닭은 시인이 현재 "몸, 가장 멀리서 오는 지금 여기"(장록 낭시)와 같은 쨍쨍한 원초성을 차디찬 '유리 도시'에 투과시키고 있다는 생각 때문이다. 바꿔 말해 '유리 도시'를 추상적 · 도구적 '공간'을 넘어 구체적 · 목적적 '장소'의 관점에서 성찰하고 있다는 느낌이랄까. 이 말은 시인이 '유리 도시'를 모든 것이 완미하고 충만한 '숭고의 장소'로 함부로 발명하거나 가치화하고 있음을 뜻하지 않는다. "욕망의 쓰레기"(「꼬불꼬불한 거울」)와 "발코니 창틀 위로"(「이 도시의 모든 아파트는」) 올라가는 사람들 투성이의 '유리 도시'를 우리 삶에 절실한 영감과 필연성을 제공하는 특권적 장소로 주저 없이 각색하는 작업은 시대착오적이며 비현실적이다.

우리 관심사는 그러므로 '유리 도시'에서는 결코 "녹화되지 않고 영원히 비어 있"는 "유리체"의 내외 공간을 향한 '장소애(哀)∞장소애(愛)'의 포착으로 나아갈 수밖에 없다. "나의 두 날개는/ 그의 가슴속 하늘을 날고 있다"는 「시인의 말」이 이 아포리아의 자유를 향해 바쳐진 것이라는 판단은 여기서 비롯된다. 그러니 알겠다, 『지구를 이승이라 불러줄까』라는 아이러니컬한 제목은 '유리 도시'에 갇힌 시의 낭패를 슬퍼하기보다 "유리체"의 내외 공간을 자유롭게 넘나드는 시의 개척을 노래하기 위한 것임을. "모든 것이 실용이고 정의이고 조직이어야 하는"(「한 고층 빌딩의 영지(靈地)」, 『유리체를 통과하다』) 일체의 사회진화론과 불화하겠다는 주체의 다짐도 여기서 발생한다. 악랄한 도구적 이성을 밀어내는 한편, 세계의 확장과 심화 과정에서 발생할 법한 내면의 동요와 신체적 변화의 흔적 들을 빠짐없이 채집하고 천천히 기록하기. 이것이 막장의 공간 '유리 도시'에서 생으로 활달할 "유리체"의 장소를 발견하는 한편 그것을 세계 전망과 자유의 한 방법으로 취하려는 고형렬의 언어 전략이자 시적 목표임은 두말할 나위 없다.

*

유리창과 거울의 위엄과 능력을 자랑하기에는 메트로폴리탄의 고층 빌딩이 제격이다. 도시를 향한 최고의 전망과 정취(情趣)의 제공은 대체로 사방을 유리-거울로 둘러친 전망대의 몫이다. 하지만 전망과 시선의 압도성과 상관없이 전망대는 관람의 포인트로 그칠 뿐, 삶의 진정성과 심미성 구축에 기여하는 아우라의 경험에는 대체로 인색하다. 오히려 높이의 오만과 시야의 편견이 조장하는 '몰장소성'을 '유리 도시'의 공간성으로 이입하는 타락의 징후에 관대하다. 전망대의 몰장소성은 고유한 풍경과 개성적 구도, 시민과의 대화를 거절한다는 점에서 세속적 욕망과 권력 추구로 점철하는 팔루스(phallus)의 형상과 여러모로 친화한다.

팔루스는 권력의 발생점이기도 하지만 그 효과의 확산과 각인에 깊이 관여하는 권력 분배의 출발점이기도 하다. 다시 말해 팔루스는 거대 권력을 발기시키는 권능 못지않게 "이미 그(시인—인용자)를 붙잡을 언어도 미래도 없다"(「98층의 시」)고 떠드는 사령(死靈)에의 감염을 전경화하는 기술성 때문에 더 무섭고 고통스럽다. 고형렬의 '유리방'을 향한 비애와 좌절이 발생하는 지점이며, 곰팡이처럼 스멀스멀 피어나는 죽음의 균사(菌絲)에 항(抗)하는 시적 방제(方劑/防除)가 절실해지는 까닭이겠다.

그런데 어쩐다? 저 '유리방'은 관람용 전망대가 아니라 "98층"이나 "87층 높이"(「번정다리 귀뚜라미의 유리창」)의 안온한 '우리집'의 일부인 것을. 『지구를 이승이라 불러줄까』가 풍경에의 절망에 대체로 무심하되 개성적 서정과 언어의 피탈에 사려 깊게 예민하다면 이런 현실과 무관치 않을 것이다. '유리 도시'의 일부로 구조화·식민화된 일상 속의 "고귀한 삶"은 훼손과 불구의 지경으로 내속되기 십상인지라, 비극 이전에 아이러니의 형상을 띨 수밖에 없다. 이와 같은 '유리 도시'의 부조리한 경관은 본원적 장소 '우리집'이 몰장소성의 온상으로 타락하는 주요 원인에 해당한다. 에드워드 렐프에 따르면, "주택가에 뻗은 큰 길, 도심의 현대적 고층 빌딩으로 이루어진 거대한 성벽" "수학적 정밀성으로 설계된 합리적 경관과 공업지대의 황폐한 풍경"들은 "다른 상품들처럼 가공되고 처리될 수 있지만, 유머가 없고 지독하게 심각한 상품"이라는 점에서 부조리한 공간 경험의 핵심을 차지한다.

이런 관점에서 보자면 당신과 내가 웃고 떠들며 은밀한 사생활을 즐기는 고층 아파트는 친밀성 장소이기 전에 부조리한 공간으로 먼저 구축되고 판매된 형국인 것이다. 하지만 장소 상실의 근원을 자본의 욕망으로만 돌린다면 그 또한 모순이고 오만이다. "마천루" 속 '유리방'에서 사방을 둘러보는 어떤 시선은 자연과의 교감이나 공동체와의 연대를 삶의 본원적 가치로 사유하는 방법에 대체로 둔감하다. 그 눈빛은 대중매체나 맹목의 군집들이 교묘하게 남조(藍藻)하는 '스위트홈'의 이미지를 부와 권력, 명예의 실질로 탐닉하는 데 훨씬 익숙하다. 허나 거기서 소외된 당신과 나의 시선이 '부러움'과 '질시'로 향하거나 '무관심'과 '무력감'으로 곧잘 치달린다는 사실 역시 부인하기 어렵다. 이 우울과 편견의 감정을 극복하지 못한다면, 우리는 모호한 운명과 거대한 힘의 포로로 쉽게 사로잡힐 것이다. '유리 도시'의 원리에 무력하게 나포되어 그 질서와 규율에 발맞추는 공모자이자 희생자로 던져지는 것이 그다음 차례임은 물론이겠다.

이 무섭고 난감한 상황을 정리하자면, 자본 폭주에 따른 대중의 소외와 불량한 미래의 전경화는 '유리 도시' 신민들의 무관심과 무력감을 실존적 위기감으로 서둘러 치환한다는 정도가 될 것이다. '유리벽' 안팎이 깨어진 칼날의 숲을 이루는 형국이니, 여기서 새로운 장소 경험이나 삶의 도약을 위한 주체 갱신이 자유로울 리 없다. '유리 도시'의 "유리알"로 태어나 서로 부딪혀 깨어지거나 더 큰 "유리알"에 속절없이 갇혀버리는 형상의 출연은 그런 점에서 필연적이다.

　도시는 수많은 유리알을 낳는다

　도시의 유리체를 통과한 것들은
　유리체 통과의 꿈을 꾸지 않는 것들과 함께 있지만
　유리체를 통과하지 않은 것들과 같지 않다
　아직도 뒹굴며 꿈꿀 뿐이다

　돌아온 것들은 죽고 완성된 것은 훼손된다
　꿈을 통과하지 않은 것들만 밖에서 천예(天倪)의 숨을
　쉰다, 유리체는 녹화되지 않고 영원히 비어 있다
　구름을 향해 그들은 불구의 몸으로
　가지를 뻗는다

　이미 사라진 것의 남은 존재들은
　지나간 거리에 긴 그림자를 끌기 시작한다
　오늘도 혼돈은 눈을 감고, 길을 차단하고 돌아와
　깨어나지 않는 유리알 속으로 사라진다
　　　　　　—「유리알 도시의 빌딩 속에서—고귀한 삶을
　　　　　　　　　　　빙자한 숲의 은유」 전문

『지구를 이승이라 불러줄까』에 출현하는 유리(거울)는 꽤 다양한 형상과 속성을 지녔다. "유리알" "유리벽" "유리체" 들이 그것인데, 나에게는 앞의 두 개체는 폐쇄와 단절의 속성이, 후자는 투시와 통과의 면모가 보다 크게 부각된다. 이들 유리의 양가적 속성은 사실에 즉한 것이다. 하지만 종국에는 '유리 도시'의 불모성과 폭력성의 고발과 폭로를 넘어서기 위한 복합적 장치로 기능한다. 앞서 '무관심' '무력감' 운운했듯이, 도시 경관 및 거기 연동된 삶의 경험이 생산하는 장소 상실 또는 몰장소성의 비애와 연민을 보다 심각하게 재분배하기 위한 객관적 상관물인 것이다.

부제 "고귀한 삶을 빙자한 숲의 은유"는 보들레르의 「상응」을 우스꽝스럽게 환기한다. 이를 참조하면 "유리체"는 "고귀한 삶"으로 충만한 "숲"의 경계이겠고 "유리알"은 그 꿈의 세계로 뛰어들려 애쓰는 욕망의 존재들이겠다. 만약 유리의 부정적 속성을 독해의 기술로 취한다면, 이 장면들이 부조리한 경관의 일종임은 의심할 바 없다. 사실을 말하건대 「유리알 도시의 빌딩 속에서」의 산문적 독해는 예상 외로 녹록지 않다. 부제의 의도 파악도 그렇거니와 "도시의 유리체를 통과한 것"과 "유리체 통과의 꿈을 꾸지 않는 것들" 사이의 긍부정성을 획정하기 어렵기 때문이다.

허황한 '유리 도시'를 주목한다면, "꿈을 꾸지 않는 것들" 이 오히려 부조리한 경관에 대한 저항과 위법의 존재일 수 있다. 하지만 나에게 2연은 맥락상 "도시의 유리체를 통과한" 자들을 "아직도 뒹굴며 꿈"꾸는 자들로 가치화하는 것으로 읽힌다. 그러니까 이들은 유리체 자체에 매달려 있는 자들이 아니라 그 안팎을 향해 도약하는 자들인 것이다. 이런 전도(顚倒)된 독해는, 다시 참조하는 「유리체를 통과하다」의 한 구절 "직접 들어올 수 없지만 직립의 낯선 빛은/ 무한의 깊이로 창을 통과한다"를 염두에 둔 결과이다.

그래서일까. 3연의 "돌아온 것들은 죽고 완성된 것은 훼손된다"나 "유리체는 녹화되지 않고 영원히 비어 있다"같은 구문은 "유리체 통과의 꿈을 꾸지 않는 것들"의 무력감과 무관심이 내성화되고 적층된 결과물로 읽힌다. 우리들은 그러니 "도시의 유리체를 통과한 것들"을 '유리 도시' 내외부의 '푸른 숲'을 기억하고 엿보다 스러져간 "K시의 한 불행 시인"의 후예들로 바꿔 읽어도 괜찮겠다.

사실 고형렬은 담담한 어투를 빌려 "불행 시인"을 "10차선 사거리 북향 빌딩의/ 벤치 밑에서"(「꼬불꼬불한 거울」, 이하 같음) 객사한 노숙자로 처리했다. 이런 태도는 그러나 "불행 시인"의 비극을 객관적으로 제시하기보다 그의 어떤 삶을 새롭게 가치화하기 위한 방법적 사랑의 일환으로 보인다. 왜냐하면 "불행 시인"에 대한 비애와 연민을 충분히 드러내면서도, 그를 삶의 본원성—"아침 공기가 심혈관을 돈아올린다"로 표현되는—으로 되돌리려는 따스한 애도로 충만하기 때문이다.

물론 시인의 애도가 "불행 시인"을 향한 일방적 감정의 투사라면 그 "추억"은 애상적이며 단조로울 가능성이 크다. 하지만 시인은 "평면거울"의 일상에 타격당한 "꼬불꼬불한 거울 밖"과 "곡면거울"들의 본원적 장소성, 다시 말해 도시의 냉혹한 불빛은 차단하되 '별=언어의 광속'은 뜨겁게 움켜쥐는 휘황한 삶의 흔적을 "불행 시인"에게서 찾아냄으로써 그를 숭고의 영역으로 이끈다.「꼬불꼬불한 거울」을 정중한 헌사와 간절한 기억을 함께 갖춘, "불행 시인"을 향한 차지도 넘치지도 않는 예의바른 애도로 읽을 수 있는 까닭인 것이다. 만약 "불행 시인"을 향한 애도와 가치화가 없었다면, 그의 분신이라 해도 무방할 "귀뚜라미"의 대(對) "유리벽" 공연과 저항은 속절없는 울음소리로 반향(反響)되는데 그쳤을 것이다.

너는 똥구멍에 입김을 불어넣는다
살아나, 나는 최초의 꿈을 꾸고 있는 한 인간
또한 최초의 고통을 통과하고 있는 시간
세 쌍의 다리를 미끄러뜨리는
유리벽은 서정을 진화시킨다

아직도 하늘엔 두려움이 남아 있다
파랗게 빙장(氷葬)시킬 도시 상공 속에서 그는
피뢰침 끝을 앙당그려 잡았지만 미끄러진 손바닥

이제부터 흑갈색의 한 남자가
하늘 바닥에 붙어 도시를 향해 울기 시작한다
—「번정다리 귀뚜라미의 유리창—추살(秋殺)은
서정을 진화시킨다」 부분

애도는 "불행 시인"을 생의 저편으로 보내는 망각 행위지
만 그의 잃어진 꿈을 애타게 환기하는 기억 행위이기도 하
다. 애도에 얽힌 기억과 꿈의 긍정적 관계는 "도시의 유리
체"통과와 명랑한 '놀이', 그리고 내일의 '꿈'이 "직립의 낯
선 빛" 아래 펼쳐지고 또 투과될 수 있는 근본 요소에 해당
한다. 이 기억과 꿈은 생활세계에서 길어올린 어떤 의미와
실재, 세계와 존재의 활동성이 경험 가능한 곳으로 전이되
어 마땅하다. 그랬을 때야 비로소 부정적 대상 "꿈을 통과
하지 않은 것들"과의 희유한 공통 감각을 창안할 수 있는 새
로운 장소가 열리기 때문이다. '유리 도시'를 향한 신서정의
가능성 타전이 "그에게 하지 못한 사랑과 쓰지 않은 시간을
보"(「사랑하지 않는 시간」)채는 간절한 독백, 아니 잃어진
대화로 현현하는 것도 이와 밀접하게 연관된다.
'유리 도시' 속 장소성의 발견과 조직이 가을과 겨울, 저
녁과 밤의 "마천루", 그 "유리창"에 달라붙고 쏟아지는 "귀
뚜라미"와 강설(强雪)의 관찰에서 시작된다는 것은 꽤나 의
미심장하다. 더군다나 이것들은 소외의 "유리알"과는 반대

방향으로 인간화되어 있지 않은가. 잃어진 장소성은, 기억과 상관된 허구적 감각의 조작이나 꿈의 지속에 필요한 동일성의 날조에 의해 회복될 수 없다. 회복과 창조의 가능성은 하비 콕스의 말처럼 "인간에게 속도·다양성·방향성을 주는" 생활세계의 경험에서 찾아진다. 이 경험은 저 활동성을 인간의 몫으로 피워올리는 데 없어서는 안 될 세계와 사물의 몫이기도 하다. 쇠락과 추위, 어둠 속의 "귀뚜라미"와 '강설'은 그래서 생활세계 속 우리의 가능성을 아프게 암시하는 객관적 상관물로 읽힌다.

고백건대 사물의 인간화보다 더 흥미로운 것은 "너의 똥구멍에 입김을 불어넣는" "귀뚜라미"와 "거대한 빌딩 사이를 지나가"며 "울음소리"를 내는 "눈"의 활동이다. "유리벽은 서정을 진화시킨다"(「번정다리 귀뚜라미의 유리창」)거나 "우리는 다 반성하지 못할 것이다"(「눈, 마천루의 눈」)에서 보듯이, 이들의 말과 행동은 실존의 결여를 알리는 동시에 그 충족을 요청하는 절대어의 성격을 띤다. 이것을 장소와 존재의 전환-심화에 참여하는 복된 '울림'으로 부를 수 있다면, '유리 도시'의 밖이 아니라 그 내부로 파고들며 장소성과 서정성의 진화를 밀고 나가기 때문이겠다.

이처럼 고형렬의 '장소' 기획은, 첫째, "불행 시인"에 바쳐진 애도의 진정성과 성찰능력을 보존하기 위한 작업에 먼저 충실하다. "검은 스피커 통만 거리에 남"(「바보 스피커」)은 부조리한 현실에 던져진 "무익생(無益生)"(「빠져나오지

125

못한 인간의 거울」)의 통절한 적발과 반성이 여기 해당된
다. 둘째, "태양의 장님"들로서 "망각의 거울"(「빠져나오지
못한 인간의 거울」)에 함부로 비춰지는 우리의 한계를 초
극하기 위한 감각의 갱신에 예민하다. 이 상황은 "시간보다
빠른 기억과 빛 속에 갇"(「알아들을 수 없는 울음소리가」)
히는 상황이 전제된다. 우리는 이 지점에서 과거의 도래와
미래의 귀환이 동시에 발현되는 역설적 찰나와 문득 만나는
것이다. 그 순간 "검은 종이를 오려 눈에 붙인"(「빠져나오
지 못한 인간의 거울」) 우리 어릿광대의 눈은 형형하면서도
아늑하게 깊어질 것이다.

이 동시성은 "먼 기억으로부터 울리"는 "알아들을 수 없
는 울음소리"를 "도시에서, 아니 지구에서, 땅속에서, 철골
에서"(「알아들을 수 없는 울음소리가」) 청취시키는 '무시간
성'을 특권으로 한다. 그렇지만 이 무시간성은 물리적 시간
의 초월이나 소멸로 지향되는 환영(幻影)적 성격의 영원성
을 뜻하지 않는다. 그것은, '유리 도시'의 몰장소성을 극복
하는 "울음소리"의 역능(力能)에서 보듯이, 시간 내부로의
귀환과 자유, 분절적 시간의 통합을 포괄하는 본원적 시간
의 일종이다. 그러니 이쯤에서 잠정적 결론 하나를 담담하
게 붙여두어도 괜찮겠다. "도시의 유리체를 통과한 것들"의
놀이와 꿈으로 표현된 새로운 주체의 탄생과 성장, 다시 말
해 비정한 "유리알"들의 '유리 도시'를 향한 새로운 참여와
돌파는 무시간성의 예리한 각성과 풍요로운 서정성의 비전

에서 비롯될 것이라고.

*

'유리 도시'의 신민 "유리알"은 "귀뚜라미"의 고통과 희열, 그러니까 "유리벽"에 달라붙기 위한 필사적 몸부림으로부터 애초에 제외되었다는 점에서 잠시 행복하되 오래도록 불행하다. 그에게는 오로지 굴러다니거나 서로 부딪쳐 깨지는 행동만이 삶의 선택지로 주어졌다. "불행 시인"의 삶과 언어를 나눠가진 고형렬이 '유리 도시'에서 취할 몸의 사유와 영혼의 상상에 골똘할 수밖에 없는 이유인 것이다. 그 와중의 자아 이해와 타자 수렴을 훔쳐보자면, "저 손은 나의 손, 저 다리도 나의 다리, 저 불빛은/ 나의 불빛이었다"(「다시 작년의 지하도를 통과하며」) 정도로 정리될 수 있다. "저"로 지목된 자들은 "불행 시인"이고 "귀뚜라미"일 것이며, 그들이 바라본 "불빛"은 추운 손에 한 점 온기를 홀로 비춘 "밤별"(「다시 작년의 지하도를 통과하며」)의 다른 모습일 것이다. 서로 먼 자들의 교감과 연대를 두고 "몸은 세계의 말단부까지, 그리고 자아의 끝까지 도달하는 영혼의 신장"이라고 표현한 장뤽 낭시의 말을 떠올리는 것은 이미 정해진 수순의 발로라 해도 좋겠다.

하지만 『지구를 이승이라 불러줄까』에서 몸의 도래와 영혼의 귀환은 결코 간단치 않다. 생을 향한 '유리 도시'의 폭

127

력과 전횡은 삶의 안전에 관한 허구적 보고와 선전으로 멈추지 않는다. 그것은, "다시 상공에서 울음의 탄생은 그 순간 중절된다"(「지루한 오후, 대형 매장에서」)에서 보듯이, 존재의 탄생과 인식을 향한 뜻 깊은 노력과 성찰을 가로막는 데 용의주도하다. 고형렬은 존재와 세계 이해의 수고를 애초에 저지당하는 '유리 도시'의 시인을 "태양의 장님들"로 명명하며, 그 무용함과 한계를 "무익생(無益生)" "인비인(人非人)" 따위의 불구적 형상에 담았다. 그들이 '끄적이는'(!) 시 역시 타인과의 소통을 거절당했다는 점에서 저 불행한 표찰을 또다른 제목으로 취할 수밖에 없다.

　이 무력한 형상들은 그러나 '유리 도시'에 대한 굴복과 투항의 기표와 전혀 무관하다. 오히려 굴종(屈從)된 몸을 냉철하게 드러냄으로써, 영혼의 확장과 몸의 굴신(屈伸)에 자유를 허하려는 시인들 본래의 '불행한 의식'에 가깝다. 그 고단한 의식의 고유성과 풍부성을 시인은 어떤 "겨울나무"에 애틋하게 투사하는데, 백석의 '갈매나무'에 비견될 만한 "세한목(歲寒木)"이 그것이다(시인에 따르면, "세한목은 추사의 〈세한도〉에 나오는 그 나무를 '세한목'이라 이름 붙"인 것이다. 인유와 명명의 자율성은 "세한목"을 벌써 "겨울나무"들 전체로 확장했으니 굳이 수종(樹種)을 따로 밝힐 까닭이 없다).

　모든 물이 얼어붙어서 잠들 때에도

우뚝 멈춰 선 세한목(歲寒木) 그 아래 땅속
쉬지 않는 파랑들

한 송이도 쌓이지 않도록
물어둠 속으로 빠뜨렸던 곳
층층의 검은 돌들을 밟지도 않고 내려갈 수
있었던 그때는

활활 뜨거운 김을 불어올려주었다
눈먼 가슴은 곰실곰실 생시의 꿈속으로
떨어져,
그것이 삶이라고 내 생시의 꿈이라고
예시조차 해주지 않았다
                                    ―「세한목(歲寒木)」부분

"유리알"의 무용함을 비판하거나 '유리방'에서의 탈출을
권유하는 목소리라면 완미한 자연에 의탁하는 것이 보다
자연스러울 법하다. 고형렬의 "겨울나무" 충동은 그 형태
와 의미상 인공낙원 "마천루"를 비판하고 부정하려는 의지
로 먼저 읽힌다. 하지만 이보다 먼저 "세한목"이 충만한 존
재이기에 앞서 "찢어진 세한도의 해빙기, 그 위험한 우듬지
의/ 정아(頂芽)"(「나이테의 생활고」)로 표상되고 있음을 유
의해야 한다. "세한목"의 위대성은 거센 눈발마저 돌려세우

는 청록의 영원성에 존재하지 않는다. "생활고"(「나이테의 생활고」) 아래서도 뿌리의 궁륭을 "땅속/ 쉬지 않는 파랑들"(「세한목(歲寒木)」)의 터전과 안식처로 제공하는 희생의 공양과 타자성의 수렴이 위대성의 몫이다.

　우리는 따라서 "세한목"을 자연에만 정위시켜 그 독야청청의 아름다움을 자랑시킬 하등의 이유가 없다. "세한목"은 주어진 현실을 초극/혁파하는 '실존의 섬광'을 터뜨리는 모든 것과 연대할 때야 비로소 '유리 도시'를 파고드는 실핏줄로 전유될 수 있다. "길을 재촉하지 않은 것들"과 "푸른 잎의 등을 감춘 위험한 보행자들"을 '유리 도시'에 균열을 가하고 "유리알"들의 "내벽(內壁)을 울리는"(이상 「내벽(內壁)을 울리는」) 각성자로 지목하는 것도 이와 관련된다.

　'실존의 섬광'이라는 측면에서 본다면 "세한목"은 이상적 관념의 일종이다. "세한목"에 시간 질서는 그래서 무용하며, "세한목"은 그래서 과거 – 현재 – 미래를 통합한 순간의 형식으로 존재한다. "푸른 잎의 등을 감춘 위험한 보행자들"이 기억의 존재이면서도 '지금 여기'로 밀려와 "물 젖은 손바닥처럼 가슴에 달라붙는"(「내벽(內壁)을 울리는」) 능력은 여기서 말미암는다. 이 지점에서 새삼 확인해둘 것은 "세한목"과 "푸른 잎"을 향한 초월적 시선과 가치의 확보가 '기억'의 특권화와 깊이 관련된다는 사실이다. 서정시에서의 기억은 자아와 세계의 일체성을 불러오고 현현하는 회감(回感)의 원리이자 형식으로 흔히 가치화된다. "세한목"으로 불러

무방할 "한 그루 심령"이 "눈 속에 돌아와/ 가지 하나의 다침도 없이/ 온 영혼의 바닥까지 꿈을 그려낸다"(「기억은 시간에 갇히지 않는다」) 같은 구절은 회감의 전형적 문법이라 할 만하다.

그러나 인간과 자연의 통합, 주체와 타자의 교감이 주관적 상상이나 언어 조작의 파생물로 인지되는 끔찍한 모더니티 속에서 회감의 충만성을 노래하는 '소박한 시'(쉴러)는 보통 허구적이며 어떤 경우는 친체제적이다. 시인이 기억의 실질적 위의(威儀)를 "네 삶의 흠절은,/ 눈물빛 각막의 동공령(瞳孔領)을 통과한다"는 상처와 그 흔적의 각인에 둔 것도 이런 한계를 명민하게 고려한 소이(所以)일 것이다. '범속한 트임'을 동반하지 않는 회감의 거절과 성찰은 그런 점에서 놀랄 것 없는, 시적 윤리와 감각의 자연스러운 실천에 해당한다.

우리는 이미 다 가고 없는 사람들로서 살고 있는 것이 아닐까
모르는 죽은 사람들이 기억하고 있는 꿈이란 게 있을까
돌아오고 있는 사람들의 삶을 대신하는 것인가
그들이 돌아오면 우리는 돌아가야 하는 대체 존재들일까
물이 지나가고 바람이 지나가고 시간이 지나가는 것을 모른 채
나는 그들과 정말 저 양평군 지평면 그 언저리에서 사

는 것일까
—「미생전(未生前) 경험의 시」 부분

개체적 삶의 지속과 반복은 인류 역사와 더불어 존재의
영속성을 확인하고 기대케 하는 핵심적 원리이자 증례였다.
연속성에 대한 회의는 삶의 존재 기반을 여지없이 뒤흔드
는 위험한 사령(死靈)의 감각일 수 있다. "未生前", 즉 "태
어나기도 전"의 경험은 생을 향한 속절없는 회의감의 대속
체로 더할 나위 없이 적합하다. '죽은 뒤'의 삶과 세계는 더
이상 존재하지 않는다는 허무주의와 등가성을 형성하기 때
문이다. "유리알"들의 "세한목"을 향한 조작적 욕망과 '상
징의 숲'을 향한 도식적 글쓰기가 그런 대로 인정된다면, 그
것은 필시 삶 이전과 죽음 이후의 위험성을 예방하는 효능
때문일 것이다.

하지만 의사(pseudo)-영원성의 효능은 언제나 제한적이
다. 최고 상품의 반열에 오른 '유리 도시'의 자연과 기억은,
하이데거의 말을 빌린다면, "인간 실존이 외부와 맺는 유
대" 및 "인간의 자유와 실재성의 깊이"를 확인하고 성장시
키는 장소성을 아무렇잖게 배반하기 때문이다. 서정시 원리
에 반(反)하는 고형렬의 발화 「시간의 압축을 반대한다」는
이런 까닭에 '유리 도시'에서 투하되어 마땅한 서정시의 옹
호로 읽힌다. 서정시에서 시간의 압축은 "하늘에서 떨어진
고양이가 거미가 되어/ 잠시 거미줄에 걸렸다 인간으로 비

약하는 광경"(「시간의 압축을 반대한다」)을 하나의 현실로 창조한다. 물론 이것은 "고양이" "거미" "인간"의 유사성과 차이성에 대한 신중한 염려와 이해 없이 하나의 전체로 획일화하는 일그러진 동일성의 옹호와 전혀 상관없다. 시간 압축의 진정성은 개별성을 보장하면서 서로의 몸에 서로를 기입하는, 그러니까 "서로 스며 생이 되고/ 서로 스며 죽음이 되"(「풀과 물고기」)는 동일화의 방법, 그러니까 타자성의 실현과 수렴에서 구해지기 때문이다.

그러나 존재 비약이 현실 초극의 욕망으로만 산견된다면, 풍부한 영혼의 성취는 요원한 반면 작파된 몸의 초래를 피할 수 없을 것이다. 아니나 다를까 시인은 과연 "다시 시간을 무리하게 이완시킨다면/ 고양이 살가죽과 심장이 면직물처럼 늘어날 테고/ 고양이의 죽음만 보일 것이다"(「시간의 압축을 반대한다」)라는 무서운 말로 삶의 위안과 보호로만 향하는 기억과 회감의 위험성을 경고중이다.

고형렬은 「눈」의 첫머리를 "내리다 내리다 안되면 통속적(通俗的)이고 싶다"라고 적었던가? '유리 도시'로 대변되는 삶의 불능과 불가해에 지친, 아니 그것에 능욕당한 분노와 '설움'("울다 울다 더 울면")의 솔직한 토로일 것이다. 그러나 "통속적이고 싶다"는 속마음에 충분히 유의하라. 통속은 세속적 욕망과 유행에 충실한 무엇으로 이해되는 탓에 비웃음과 계몽의 대상으로 주어지는 경우가 많다. 하지만 숭고와 무관한 일상성은 갖은 제도와 스타일의 실천을 통해 통속을 왜곡·과장하거나 질서화·심미화함으로써 우리 삶을 적절히 통제하고 사회의 공동성을 차분하게 유지한다.

시인의 통속은 양쪽에 다 관련되지만, 동시에 그것을 넘어선다. "내려도 내려도 울어도 울어도 길이 막히고 말아도/ 나는 그 자리에 붙박여 있다"(「눈」) 라니. 이 대책 없는 설움은 그러나 '유리 도시' 속 실존이 흔히 경험하는 무관심과 무력감의 토로와 대체로 무관하다. 그와는 반대로 '울음'='눈발'은 '유리 도시' 후미진 구석에 몸의 탄력과 영혼의 깊이가 생동할 만한 장소를 적시려고 끊임없이 쏟아진다. 다시 말해 삶의 균질성과 획일성을 유인하는 통속의 일반적 원리를 개아의 고유성과 시적 염결성의 착근을 보장하는 장소에 대한 정념으로 뒤바꾸느라 눈과 눈물은 '유리 도시'를 흐르는 것이다. 그 내밀한 장소에 "한 그루 피 같은 뼈 같은 단풍나무"(「눈」)가 문득 출몰하는 장면은 저 통속성이 "유리알" 같은 삶의 재편과 혁파를 향한 서정적 트임과 울울하게 접속되어 있음을 처연하게 암시한다.

    서둘러 댑싸리를 낫으로 조심조심 베어
    액생의 꽃을 살려 비를 만든다
    재미를 잃은 너의 등을 툭툭 때려주니
    너는 내 눈만 쳐다본다

네가 흔드는 댑싸리의 순한 풀잎이 좋아서
나는 네 곁에 누워 잠든다

네가 꼭꼭 묶은 댑싸리비를 한쪽에 세워두고
멀리 외출하면
나는 물보다 맑은 아침을 기다린다
　　　　　—「터미널 옥상 승차장—마지막 R영역에게」 부분

　『지구를 이승이라 불러줄까』의 핵심어임에 틀림없을 "추
살(秋殺)"은 두 번 등장한다. 한 번은 "흑갈색의 한 남자"가
되었던 "마천루"의 "귀뚜라미"(「번정다리 귀뚜라미의 유리
창」) 울음에서, 또 한번은 "액생의 꽃을 살려" 만들어진 "댑
싸리비"의 형상에서. 우리는 어쩌면 이들 '추살'의 유사성
과 차이성을 세밀히 구축하다보면 고형렬이 추구하는, 비정
의 '유리 도시'를 흐르는 신서정의 활로를 잠깐이라도 엿보
게 될 지도 모른다.
　시인은 「번정다리 귀뚜라미의 유리창」의 부제를 "추살(秋
殺)은 서정을 진화시킨다"라고 달았던가? 만약 "어떤 울음
의 음악도 차단된 마천루의 가을"에서 "서정의 진화"가 '푸
른 숲'의 회감을 통해 이뤄졌다면, 그것은 허상의 울타리를
끝내 벗어나지 못했을 것이다. "하늘 바다"(="유리창")에
붙어 "귀뚜라미"는 우리의 "똥구멍에 입김을 불어넣음으로
써" "유리알"의 우리가 "살아나", "최초의 꿈을 꾸고 있는

135

한 인간" "또한 최초의 고통을 통과하고 있는 시간"이 되게 했다. 이때의 추살을 '가장 멀리서 지금 여기로 도래하는 몸의 살림'이란 역설로 지표화할 수 있다면, 저 '꿈'과 '고통'의 처연한 결속 때문이다. 이 '몸'은 그러나 서로의 몸을 서로에게 공양하는 희생양의 형식이었기 때문에, 서로 부딪혀 깨지는 "유리알"의 비극적 사후(死後)와 끝내 거꾸로 닮았다. "귀뚜라미", 바꿔 말해 "불행 시인"이 "피뢰침 끝을 앙당그려 잡았지만 미끄러진 손바닥"의 운명을 벗어날 수 없었던 이유가 이제야 드러난 셈이다.

이에 비한다면 "댑싸리"는 "낫으로 조심조심 베어"져 거리에 쌓인 눈이나 바람에 나뒹구는 쓰레기를 치우는 '싸리비'의 숙명을 벗어날 수 없도록 예정되어 있었다. "댑싸리"의 '죽은 몸', 곧 "추살"은 그러나 '너'와 '나'가 서로의 "얼굴이며 목덜미에" 흔들어주는 "꽃다발"이 됨으로써, 또 서로에게 "모든 슬픔과 용서를 맡"기는 에로스의 서정으로 전환됨으로써 영원한 생명으로 거듭났다. "재미를 잃은" 서로의 "등을 툭툭 때려주"고 "너(나—인용자)는 내(네—인용자) 눈만 쳐다"보는 몸은 그런 의미에서, 장뤽 낭시의 말을 빌리건대, 생명의 율동을 통해 "차츰 차츰 모든 것에 닿는" '우주적인 몸'에 가깝다. 이 서정과 몸의 진화는 '유리 도시'의 귀퉁이에서 벌어지는 일대 사건이라는 점에서 징후적이며, 그래서 그 가속성을 더욱 희원케 한다. 서정과 몸의 진화가 벌어지는 회유한 공간은 '유리 도시'의 출입구, 그럼으로써 '푸른 숲'과의 느슨한 경계를 형성하는 "터미널 옥상 승차장"이다. 어쩌면 시인은 만남과 이별, 전송과 마중이 일상적으로 오가는 터미널(기차역이어도 좋다)과 서로의 손들을 우주적 장소와 "순한 풀잎"의 "꽃다발"로 전유한 것인지도 모른다.

사실을 말하면 순간의 지복은 떠나거나 돌아서는 순간 '유리 도시'의 날카로운 일상에 다시 베어질 것이다. 그럼에도 '유리 도시'에 등기된 "터미널 옥상 승차장"이 의미 깊은 것은, 에드워드 렐프의 말을 다시 빌리자면, 타자와 주체의 동시적 배려와 존재의 근원적 중심을 구성하는 환경을 형성했기 때문이다. 시간의 소비와 더불어 "터미널 옥상 승차장"의 본원적 장소성은 가뭇없이 사라져버릴지 모른다. 하지만 고형렬의 언어와 감각, 서정과 더불어 그것은 우리에게 생활의 리듬과 삶의 방향성, 그리고 자아의 정체성과 고유성을 새롭게 허락하는 장소로 벌써 등기되었다. 새로운 장소의 발견과 구축에 힘입어 "추살"의 경험과 슬픔은 "이제 내일이 오지 않아도 좋다"는 생의 완성과 시간의 정지로 뒤바뀌어 현상하게 된 것이다. 이제 '유리 도시'의 구심점에 "댑싸리"를 베어 꽃 흔들 수 있는, 어렵지만 즐거운 장소와 주체의 개척이 남은 셈인가. 그곳은 어디이며 그 일을 감당할 몸은 또 어떻게 준비되고 있는가, 시인이여.

고형렬(高炯烈)　　1954년 강원 속초에서 태어났으며, 1979년『현대문학』에「장자(莊子)」등을 발표하면서 시단에 나왔다. 시집『대청봉 수박밭』『밤 미시령』『봉새』『유리체를 통과하다』등을 펴냈다.

— 문학동네시인선 042
지구를 이승이라 불러줄까
ⓒ 고형렬 2013

— 1판 1쇄 2013년 5월 22일
1판 3쇄 2020년 8월 27일

지은이 | 고형렬
펴낸이 | 염현숙
책임편집 | 김형균
편집 | 김민정 김필균 강윤정 유성원
디자인 | 고은이 본문 디자인 | 유현아
마케팅 | 정민호 박보람 우상욱 안남영
홍보 | 김희숙 김상만 지문희 김현지
제작 | 강신은 김동욱 임현식
제작처 | 영신사

펴낸곳 | (주)문학동네
출판등록 | 1993년 10월 22일 제406-2003-000045호
주소 | 413-120 경기도 파주시 회동길 210
전자우편 | editor@munhak.com
대표전화 | 031) 955-8888
팩스 | 031) 955-8855
문의전화 | 031) 955-8890(마케팅), 031) 955-2679(편집)
문학동네카페 | http://cafe.naver.com/mhdn
북클럽문학동네 | http://bookclubmunhak.com

ISBN 978-89-546-2145-8 03810

— www.munhak.com

문학동네